KB212653

마이 세컨드 홈타운

보낸이 오지윤

기쁘게 그리워할
여행지의 기록들

메카로북스

일러두기

이 책은 에세이 레터 '보낸이 오지윤'의 글 일부를 기반으로 하고 있으며, 레터 제목을 따라 '보낸이'는 붙여 썼습니다.

프롤로그

어제는 우바(UVA)라는 홍차를 마셨습니다. 처음이었습니다. 오랜만에 만나는 '처음'이 기뻤습니다. 샅샅이 찾아다니지 않으면 '처음'을 만나기 쉽지 않으니까요.

여행에는 처음이 많을 수밖에요. 거저 얻어지지는 않고 온 힘을 다해 느껴야 합니다. 길에서 마주치는 모든 사람이 처음 만나는 사람들이란 걸 애써 자각하고 새삼스레 여겨야 합니다. 처음이 많다는 것이 우리의 어린 시절과 닮았습니다. 그렇다면 여행하는 동안은 좀 더 어린아이처럼 굴어도 될까요.

나에게 여행이란 일상에 돌아와 그리워할 초현실을 가공하는 작업입니다. 여행지에서는 논리의 지배를 어떻게든 벗어나고 싶습니다. 여행을 허투루 하기 싫습니다. 정성을 다하고 싶습니다. 여행 계획을 치밀히 짜는 버릇은 없어서 대신 오감의 문을 와락 열어젖힙니다. '느끼다'라는 동사에 하루 동안 섭취한 칼로리를 몰아 씁니다. 걷게 된 지 얼마 안 된 아이는 걸을 때마다 대근육의 움직임에 기분이 들썩이겠죠. 포틀랜드에서, 다딩베시에서, 베를린에서 나는 최대한 아이처럼 걸었습니다. 아이처럼 숨 쉬고, 아이처럼 이를 닦고, 아이처럼 새로운 사람을 반겼습니다.

지구 곳곳에 돌아가고 싶은 고향을 만드는 마음

으로 정성 들여 여행합니다. 낯선 땅에 나의 또 다른 유년을 두고 옵니다. 그리고 돌아와 생각합니다. 오늘 하루도 돌아가고 싶은 고향으로 만들자. 정성 들여 살아가자. 여기까지 음미하면, 여행이 잘 끝난 겁니다.

언니가 선물해 준 책을 비행기에 타서야 펼쳐 봤습니다. 앙드레 지드의 《지상의 양식》이었어요. 첫 장에 '작은 귀여움을 발견하는 여행이 되기를, 쉴 자격이 충분한 동생에게'라고 쓰여 있었습니다. 누군가 여행을 떠난다고 하면 왜 그렇게 응원하고 싶을까요. 걸음마다 작은 발견이 있기를. 나도 당신의 여행을 응원합니다. 돌아오면 아주 조금이라도 다른 사람이 되어 있을 테니, 미리 축하도 덧붙이면서.

보낸이 오지윤

차례

살아 보기

베를린, 프랑크푸르트, 밀라노

관찰하기

시즈오카, 오사카, 교토, 도쿄

춤추기

다딩베시, 카트만두, 히말라야, 포카라, 치트완

138

기억하기

빈, 파리, 두브로브니크, 니스, 로마, 상트페테르부르크, 포틀랜드

216

살아 보기

베를린, 프랑크푸르트, 밀라노

Persil

MAGGI
MAGGI' SUPPEN
Aber To
Collecta
Tin Boxe
Collectables Tin Boxes
ovely Gift for a Good Friend
Collectable
A Lovely Gift fo
HAMBURG
FREE
WALKING
TOURS
Gallo

행성들의 춤

친구란 비슷한 점을 토대로 맺어진다. 나는 '어느 지역 집값이 오를 것인가' 같은 윤택한 대화보다 '어떻게 살 것인가'처럼 아득한 토론을 좋아하는 사람과 친구가 되는 편이다. 한정석도 그렇게 맺어진 친구 중 하나다. 다른 친구와 내가 주최한 음악 감상회 모임에 그가 온 날이 있었다. 그는 이상한 독일 동요를 소개하는가 하면 쓸데없는 질문을 빛나는 눈으로 쏟아 냈다. 마음속으로 그에게 '친구 합격점'을 내렸다. 한정석은 내 책 《작고 기특한 불행》 39페이지에 등장하기도 한다. 팔뚝에 여행자라는 뜻의 독일어 타투를 하고 해수욕을 하는 친구가 그다. 하얀 피부에 꽤 마른 편인 그를 보고 있으면 장 자끄 쌍뻬가 그린 《얼굴 빨개지는 아이》의 삽화가 떠오른다. 나비를 따라 뛰어갈 것 같은 삼십 대 후반의 소년.

한때 한국에서 카피라이터로 일했던 그는 지금 베를린에 살고 있다. 살고 있다고 말할 수 있는 것은 그가 베를린에서 밥벌이도 하고 집안일도 하고 친구도 사귀고 데이트도 하고 있기 때문이다. 다방면의 욕망을 본인의 힘으로 책임지고 충족하고 있으니 '살고 있다'고 말할 수 있다. 살고 있음 상태의 난도가 더럽게 높다는 것을, 그를 관찰하며 새삼 깨달았다. 우리는 각자의 땅에서 대단한 일을 해내고 있음에 우쭐해도 될 것이다.

아는 사람 하나 없는 곳에서는 일단 무리에 들어

가는 것부터 시작해야 한다. 요즘엔 커뮤니티라는 영단어를 씀으로써 세련되게 해석하고 있으나 그것은 짐승에게 생존의 1조건이라 할 만큼 중요하다. 외향적이고 상냥한 정석은 독일에서도 무리 없이 자신의 무리를 찾는 데 성공한 것처럼 보였다.

퇴사를 하고 베를린 정석의 집에서 한 달을 얹혀 살았다. 친구라고는 해도 그가 생활하는 방식을 그렇게나 미시적으로 관찰할 기회는 없었다. 정석이 시간을 쓰는 방식은 나와 정반대에 있다. 그는 아침 7시 반쯤 일어난다. 15분 정도 만지작거리던 핸드폰을 매섭게 내려놓고 책을, 무려 책을 읽는다. 한번은 새벽 4시에 깬 적이 있는데 잠이 오지 않아서 책을 소리 내 읽다가 어떤 문장에 사로잡혀 눈물이 났다고 했다. 나는 그 이야기가 도시 괴담처럼 소름 끼치면서도 아름답다고 생각했다. 삼십 대 중반의 직장인 남성이 그럴 수 있다는 것에 경외심과 감사함까지 들었다. 8시가 되면 동네 클라이밍 센터에서 암벽을 탄다. 그리고 집에 돌아와 간단히 토스트를 먹은 후 재택근무를 시작한다. 그의 생활에는 '지연'이 없다. 널브러져 있는 시간이 없어 산뜻하다. 널브러져 있는 게 정체성인 나는 정석 덕분에 고등학교 이후 처음으로 매일 8시 반에 일어났다. 어느 날 10시에 일어난 나를 보고 정석은 말없이 고개를 저었다. 나는 왠지

분한 마음이 들어 그의 뒤통수에 대고 외쳤다.

—행성마다 시간은 다 다르게 흐르거든!

왜 그리 비유적인 표현을 썼는지, 왜 그리 까랑까랑하게 소리를 질렀는지 모르겠다. 다른 행성에서 그 행성의 시간에 맞춰 살아 보는 일은 생각보다 훨씬 흥미로웠다. 우리는 점심에 집 앞 강변에 앉아 아프리카 음식을 먹었고, 집 앞 공원에 앉아 햇볕을 쬐었다. '어디서' '어떻게'가 뒤집히니 나라는 사람도 뒤집혔다. 왠지 더 좋은 사람이 된 것 같았다.

정석의 집에는 의자가 정말 많다. 스툴을 합치면 열두 개가 넘는다. 그중 세 개에 식물이 앉아 있다. 대부분 중고로 샀다고 했다. 부엌에도 화장실에도 창문이 있다. 여기저기서 해가 드는 집. 창밖으로는 노랗게 익은 나무가 보이고, 아파트의 뒷마당이 보이고, 맞은편의 유럽식 건물이 보인다.

—베를린 살면서 좋은 게 뭐야. 자랑 좀 해 봐.

침대에 앉아 책을 읽던 그에게 물었다. 그는 한참을 생각하더니 느릿느릿 조심스럽게 말했다.

—지금 창밖에 보이는 풍경이 서울에서는 사치였어. 창밖으로 나무를 볼 수 있다는 게 왜 그렇게 힘든 일일까. 서울에서는 벽이나 다른 아파트가 보이는 경우가 많잖아. 돈이 별로 없어도 나무가 있는 풍경을 보며 살 수 있어서 좋아. 그것만으로도 여기가 좋아. 그

리고 한국에서는 스트레스가 너무 많았어. 삼십 대 중반이 되니까 친구들을 만나면 나누는 이야기가 부동산이며 주식이며 하는 것들로 정해졌던 것 같아.

—그건 사람의 문제라기보다 사회적인 문제일 것 같아.

나는 왠지 방어적으로 답했다.

—맞아. 여기는 평생 세입자로 살아도 주거 안정성이 보장돼. 죽을 때까지 집을 소유하지 않는 사람도 많아. 비교하고 걱정하는 대화는 거의 나누지 않지. 삶의 스펙트럼도 넓고 친구들의 스펙트럼도 넓어. 플리마켓에서 그림을 그리며 사는 친구도 있고 번듯한 직장에 다니는 친구도 있어. 어떤 나이에 어느 만큼 경제력을 갖춰야 한다는 기준이 없어. 다들 격 없이 대화하고 함부로 판단하지 않는달까. 사람 대 사람으로 존중하는 느낌이 들어서 좋아.

그래, 좋겠다. 어릴 땐 외국 이야기를 들으면 무작정 부러워져서 왜 나는 외국에 살고 있지 않는 건가 하며 슬퍼지곤 했다. 하지만 이제는 안다. 정답은 애초에 존재하지 않는다. 한국의 삶이 오답은 아니고, 물론 정답도 아니다. 다만 꼭 알아야 할 것은 세상에 우리와 다른 답으로 사는 사람들이 있다는 거다. 그들이 다른 답을 통해서 더 안전하고 지속 가능한 행복을 누리고 있다면, 마땅히 호기심을 가지고 들여

다봐야 한다. 독일 세입자의 평안과 한국 세입자의 불안이 각각 어디서 비롯되는지. 적어도, 궁금해해야 한다.

—하지만 외로워. 진짜 외롭지. 사실 처음엔 난민과 다를 바 없다는 생각까지 했어. 아는 사람 하나 없이 밑바닥부터 시작하는 거니까. 데이팅 앱도 하고, 쇼핑도 하고, 허전함을 채우려고 많이 애썼어. 근데 어느 순간 외로움을 에너지로 쓰는 법을 배우게 된 것 같아. 외로움을 없애려고 하지 않고 외로움을 가지고서 책을 읽고 외로움을 가지고서 생각을 하고 외로움을 가지고서 뭔가를 하는 거야.

정석이 덧붙였다. 나의 외로움은 줄곧 유튜브에 위탁된다. 나는 외로움을 남에게 맡기고서 찾으러 갈 생각 없는 나쁜 주인이다. 정석의 외로움은 독서가 되고 눈물이 되고 있다. 서울에 돌아가면 외로움에게 잘해 주겠다고 생각했다.

정석이 재택근무를 하는 동안 나는 동네를 구석구석 탐험했다. 목줄을 하지 않고도 주인과 나란히 산책하는 강아지들이 사람과 대등한 관계로 보였다. 하나의 인격체처럼 강아지들이 자유롭게 보행 속도를 조절하며 따로 또 같이 걸어가고 있다. 어느 아이들 무리가 길가에 있는 모스크로 뛰어 들어갔고, 나는 '로미오와 로미오'라는 LGBT 카페에서 커피를 마셨다. 주말에는 친구들과 클럽에 갔다. 클럽에서는 넥타이와 셔츠 차림의 아저씨가 춤을 추고, 맨몸에 브래지어만 입은 아저씨도 춤을 췄다.

각자의 행성에서 온 존재들이 자신의 존재감을 맘껏 뽐내며 춤을 춘다. 그곳에서 나도 춤을 췄다. 서로를 존중하고 '그러려니 하는' 문화는 어디서부터 시작되는 걸까. 생각이 깊어지려 하길래 나는 눈을 질끈 감고 춤을 췄다. 이곳은 우주다. 우주의 행성들은 다른 행성의 규칙에 기웃대지 않는다.

명분의 발명

정확히 18일째 베를린에 머물고 있다. 어제저녁에는 음식점에서 먹다 남은 볶음면을 포장해서 돌아왔다. 차가워진 볶음면을 약불에 슬근슬근 볶는데 웃음이 나왔다. 나 제법 '사는 사람'처럼 여행하고 있구나. 남은 음식을 포장해서 다음 날 다시 먹는 일 말이다. 끼니를 해결하는 일이야말로 가장 일상적인 행위니까. 여기서 일상을 보내고 있다고 믿기로 했다.

며칠 전 정석이 베를린에 사는 한인 친구들의 홈 파티에 가자고 했다. 여행지에서 일상을 사는 건 좋지만, 홈 파티라니! 마음의 준비가 안 됐다. 현지에서 고군분투하고 있는 사람들의 소중한 시간에 내가 마구 침입하는 것 같은 기분이 들었다. 이런저런 핑계를 대 봤지만 정석은 "너가 꼭 와야 해" 하며 이상한 고집을 부렸고 나는 어쩔 수 없이 마인드 세팅을 시작했다. 나는 작가다. 나는 취재를 하러 간다. 경험을 하러 간다.

'나는 작가다'라는 간지러운 마인드 세팅은 새로운 상황에서 용기 촉진제 역할을 한다. 나는 관찰자. 나는 이방인. 나는 제3자. 나는 기록자. 잘 어울리지 못해도 된다. 나는 지나가는 사람. 나는 경험하는 사람. 나는 무책임한 이방인. 이렇게 하면 미량의 용기 세포가 번식을 시작한다. 믿기 어려우면 해 보세요!

억지스런 미소를 장착하고 들어간 홈 파티 현장

에는 예상을 훨씬 웃도는 힙스터들이 앉아 있었다. 차마 묘사를 할 엄두도 안 나는 그곳에서 당연히 얼어붙고 말았다. 모두가 배역대로 잘 차려입은 연극무대에 나 혼자 잠옷을 입고 올라선 기분. 베를린의 일상이란 범접하기 어려운 것이군. 낙담하려는 그때.

빛나는 코뚜레 피어싱을 하고 눈썹을 탈색한 여자아이가 나에게 말을 걸어왔다. 딱 봐도 기가 세 보이는 외모에 흠칫했는데 자세히 보니 그의 동공은 어딘가 흔들리고 있었으며 표정도 어수룩했다. 그 모습을 보고 생각했다. 찾았다, 내향적인 사람.

내향적인 사람 옆에 앉아 있으니 마음이 편해지기 시작했다. 탈색해서 잘 보이지 않는 눈썹털에 코뚜레 피어싱이 인상적인 그는 조곤조곤 자신의 이야기를 들려주었다. 외모와 말투 사이의 괴리감이 사랑스러웠다. 모순적이어서 매력적인 아이. 친구가 될지도 몰라.

이번 여행은 계획이란 걸 전혀 세우지 않고 왔다. 돌아보면 퇴사를 한 이유가 '계획'에 있었다. 모든 게 예정된 삶이 오히려 나를 불안하게 했다. 회사를 계속 다니면 1년 뒤도 3년 뒤도 10년 뒤도 예상 가능한 삶을 살게 될 것이었다. 그게 싫었다. 팀장님이 내가 담당할 프로젝트 1년 치를 꽉 채워서 적어 주었던 그날, 퇴사를 다짐했다. 나는 우연을 좋아하는 사람이었다. 안정과 불안정이 교차될 때 살아 있다고 느끼는 사람. 누가 들으면 배부른 소리라고 하겠지만, 인간은 이렇게나 각양각색이다.

그렇게 우연히 그날 밤 그 친구를 만났다. 그는 한국에서 패션을 공부하고 무역회사를 3년 다녔다고 했다. 그러다 워킹 홀리데이로 베를린에 와서 베를린과 사랑에 빠졌다고 했다.

—뭐가 그렇게 좋았는데?

—그때는 클럽에서 노는 게 너무 행복했어.

탈색한 눈썹이 들썩거렸다. 당황스러울 만큼 솔직하고 단출한 답변.

—그리고 한국으로 돌아갔는데, 베를린에 살고 싶다는 마음이 너무 컸어. 어떻게 하면 베를린에 살 수 있을까 궁리하다가 학교를 가게 된 거야. 늦은 나이에 다시 학부를 시작하게 됐어. 베를린에서.

진짜 이런 사람이 있구나. 나도 늘 베를린을 사랑한다고 말하고 다닌다. 그런데 정말 이런 사람이 있구나. 도시와 사랑에 빠져서 인생을 다시 조립하는 사람.

—그럼 요즘도 베를린을 사랑해?

—아니, 요즘은 나를 많이 힘들게 해. 그래도 공부를 하잖아 여기서. 공부를 하니까 계속 있고 싶고. 그래서 좋아.

베를린에서 다시 학교를 다니는 일이 그에게는 한

도시를 계속 사랑하기 위해 심어 놓은 명분이 된 거다. 나는 그 이야기를 듣는 내내 그의 눈썹만큼이나 마음이 들썩였다.

인생은 기본적으로 허무하다. 그 허무를 이기기 위해 인간은 사랑을 하고 가족을 만들고 새로운 것을 배운다. 생명이란 그렇게 설계되어 있다. 살아가야 할 이유를 스스로 계속 보급하지 않으면 살 수가 없다. 마음을 들썩이게 하고 싶다면, 인생에 어떤 변화가 생기길 기대한다면, 할 수 있는 건 결과를 만드는 게 아니라 원인을 만드는 것뿐이다. 결과를 좇으며 조급해하지 않고 나는 이제 수많은 원인을 만들어 갈 것이다. 어떤 결과가 나올지 예상할 수 없어 기쁘다. 친구가 선택한 학업이라는 원인은 베를린이라는 땅에서 어떤 결과를 피워 낼까.

동네를 걷고 또 걷다가 우연히 들른 레코드 가게에서 하우스/일렉트로닉 LP판을 샀다. 우연히 들른 페미니즘 서점 She said에서는 흑인 페미니스트의 에세이를 샀고, 환경 전문 서점에서는 돌봄에 대한 책을 샀다. 베를린에서 만난 음악과 책과 사람들. 이 모든 우연이 나를 어디로 데려갈지 도무지 예상할 수 없어서 든든했다.

이웃이 죽었을 때

식당에 가기 위해 집을 나섰다. 그런데 정석이 따라오라고 손짓하더니 급하게 길을 건넜다.

—보여 줄 게 있어.

갑자기 동선을 트는 게 탐탁지 않았지만 호스트의 말에 충실히 따르는 모습을 보여 주고 싶어서 종종걸음으로 따라갔다. 정석은 집 근처에 있는 다른 아파트 앞에 멈추더니 작은 게시판 하나를 가리켰다. 유리창을 들어 올려서 게시판을 꾸미고 다시 유리창을 내려 자물쇠로 잠그는 형식의 고전적인 게시판. 한국에서는 이제 경찰서나 신문사 앞에서나 볼 수 있는 게시판이었다. 그 작은 게시판 안에 어떤 할아버지의 일상적인 사진들이 붙여져 있었다. 촌스럽게 꾸며진 모양새가 투박하지만 따뜻해 보였다. 초등학교 교실 뒤편에 있던 초록색 게시판이 생각났다. 생일을 맞은 학생들의 사진을 붙여 놓고, 생일 축하 메시지를 A4 용지에 프린트해서 사진 옆에 오려 붙였던 기억.

—이게 뭐야?

—사진 속 할아버지가 이 아파트에 살다가 최근에 돌아가셨나 봐. 그래서 그 할아버지를 함께 추모하자고 누가 포스터를 만들어 붙인 거야.

이런. 죽음을 추모하는 포스터라니. 독일어로 'WODEK(보덱)씨를 추모하며'라고 쓰여 있었다.

—혼자 사는 분이었나 봐. 여기 오래 사셨을까.

—오래 사신 분이니까 이웃이 이런 걸 만들었을

것 같긴 해.

이 작은 게시판을 기억하고 싶다. 누구나 이웃에 기쁨과 슬픔을 권할 수 있는 게시판에 대하여. 인터넷 게시판이 아니기에 종이를 오리고 붙이는 정성이 필요하다. 인터넷 게시판이 아니기에 악플이 달리지 않는다. 인터넷 게시판이 아니기에 동네 사람들만 볼 수 있다. 인터넷 게시판이 아니기에 오히려 더 용기가 필요하다. 나의 유년 시절이 초록색 게시판의 시대에 잠깐이나마 속했다는 게 기쁘다. 박물관의 어느 유물 앞에 선 것처럼 보덱씨의 얼굴들을 오래도록 쳐다봤다.

지난겨울 외할머니가 돌아가셨다. 외할머니는 외할아버지와 결혼하면서 강원도 인제에 자리를 잡으셨다. 그곳에서 그들은 양복점을 했다고 한다. 그 시절 양복점에서 일을 배웠던 이웃이 외할머니 장례식장에 찾아오셨다. 팔십 대 노인이 혼자서 고속버스를 타고 강원도에서 서울까지 찾아오셨다. 외할머니가 당신께 베푼 은혜가 많다고 하셨다.

같은 동네에 살며 서로 은혜를 베풀고 마음의 빚을 지는 일은 대체 어떤 걸까. 그 빚을 평생 이고 지고 사는 일은 어떤 걸까. 나는 그런 시대에 살지 못했다. 이웃에게 돈을 빌리기도 하고 일을 배우기도 하던 시대. 어떤 외국인이 유튜브 영상 속에서 한국 사회의 아쉬운 점에 대해 이렇게 말했다. "아이를 키우는 데 마을 하나가 필요하다고 하는데, 한국에는 그 마을이 없어졌다." 마을과 이웃은 어디로 갔을까.

내가 죽을 때 내가 살았던 그 어느 곳의 이웃도 나를 찾아오지 않을 것이다. 새로운 버킷리스트가 생겼다. 취향도 연령대도 다르지만 같은 동네에 산다는 이유로 서로 보듬어 줄 누군가를 만나는 일. 기다리기만 해서는 만날 수 없을 것 같다. 글쎄, 살아가면서 힘든 일과 축하할 일은 얼마든지 있을 테니. 슬픔과 기쁨을 권할 기회를 엿봐야겠다.

WIR TRAUERN UM
UNSEREN NACHBARN
WODEK
1948 - 2022
HIER GIBT'S PASSFOTOS !!!

요리하는 사람들

밥을 먹이는 일은 돌봄의 최소 단위다. 갓 태어난 생명에게 어미가 젖을 물리듯이. 육십 대 아들이 구순의 엄마에게 미음을 떠먹이듯이.

어린 날을 돌아보면 엄마는 항상 부엌에 있었다. 여섯 가족의 아침을 준비하고 설거지를 하고서 엄마는 30분간 눈을 붙였다. 그러고 나서는 점심을 준비하고 다 먹은 그릇을 정리했다. 오후에는 할머니와 장을 보고 돌아와서 저녁을 준비하고 설거지를 했다. 여섯 식구의 세끼를 챙기는 것으로 엄마의 하루는 통으로 가 버렸다.

–엄마, 나는 엄마랑 논 기억이 별로 없어. 내 옆에는 왜 항상 할머니 할아버지가 있었지.

–엄마는 부엌에서 일했잖아.

할머니의 지휘에 따라 엄마는 메주를 쑤고 간장을 담그고 돌솥 여섯 개에 비빔밥을 만들고 냉면을 말고 김치를 버무리고 만두를 빚고 칼국수를 삶고 갈비를 하고 번개탄에 고기도 구웠다. 엄마는 정말 바쁘고 힘겨워 보였다. 그래서일까. 나는 부엌을 싫어하는 사람이 되었다. 나는 아직도 엄마가 부엌에서 나오기를 기다리고 있는지, 본가에 가는 날이면 엄마에게 전화해 간절하게 말한다. "엄마, 제발 아무것도 하지마. 아무것도."

요리라는 아름다운 일을 '나를 갉아먹는 시간'인

것처럼 생각했다. 베를린에서 만난 친구들은 그런 내게 자꾸 요리를 해 주었다. 부엌에 서서 하루를 보내는 일이 뭐가 좋은지 자꾸자꾸 요리를 해 줬다.

—정석은 요리하는 거 안 힘들어?

—오히려 요리를 안 하면 뭔가 잘못 살고 있다는 생각이 들어. 만약에 한 달 정도 요리를 안 해. 그건 지금 내 삶이 좋지 않다는 신호인 것 같아.

이번 주 정석의 집에는 나 말고 예봉이도 머물렀다. 그는 나의 사촌 동생이다. 3년 전 나와 친구들(정석 포함)이 브뤼셀에 사는 예봉의 집에 머무른 적이 있다. 그때 예봉은 우리에게 아낌없이 베풀어 주었다. 아침에 부엌에 가면 사람 수만큼 요거트가 놓여 있었다. 치아시드, 블루베리, 무화과, 견과류, 그래놀라, 꿀이 섞인 요거트 그리고 커피 한 잔.

예봉이라는 이름은 '예술의 봉오리'라는 심오한 뜻을 가지고 있다. 가끔 내 이름이 너무 평범하다 느낄 때 그의 이름을 자랑스럽게 떠올려 본다. 이름의 뜻대로 예봉은 브뤼셀에서 미학을 전공하고 갤러리에서 일하고 있다.

정석에게 요리에 대해 묻자 예봉도 말을 보탰다.

—요리를 좋아해서 그런지 요리를 못 하게 되면 삶의 질이 낮아지는 느낌이야. 외로운 타지여서 그런가, 나 스스로에게 해 줄 수 있는 가장 가족적인 일 같아. 내 집에서 나를 돌보고 내 손으로 좋은 걸 해 먹을

시간은 있어야 돼. 아무리 바쁘고 아무리 성공해도.

—스스로에게 parenting(부모 노릇) 하는 거네.

—맞아.

돌아보니 나는 늘 반려자에 대한 이상형을 '서로에게 보호자가 되어 줄 사람'으로 정의해 왔다. 우리는 종국에 모두 고아가 된다. 오은영 박사가 최고의 육아는 자식을 잘 독립시키는 것이라 말하듯 인간이 성장하는 방향은 독립적인 안정성을 무장하는 데 있어야 할 것이다. 어떤 조건부도 붙지 않고 스스로 작동시킬 수 있는 안정성 말이다.

그런데 나는 그 안정성의 조건으로 반려자가 나타나길 기다렸던 것 같기도 하다. 내게 Parenting을 해 줄 반려자 말이다. 하지만 부모님을 대신할 보호자는 반려자가 아니라 나 자신이다. 누군가는 멀리서 짝을 찾지 말고 가까이서 찾아보라고 말하던데, 그게 나였을 줄이야. 먼 땅에서 혼자 살아남은 친구들의 삶에는 그 진실이 아주 높은 해상도로 새겨져 있었다. 그래, 또 다른 친구도 그런 말을 했었지. 스스로 잘 먹이고, 입히고, 재워야 한다. 그런 말을 했었다.

베를린에서 알게 된 한나 언니는 터키마켓에서 도미 세 마리를 사서 도미찜 파티를 열겠다고 했다. 그런데 도미를 사서 돌아오는 길에 타고 있던 전동 킥보드가 차에 부딪혔고, 한나는 바로 응급실로 향했다. 도미찜 파티는 취소되었다. 하지만 그날 밤 그는 아픈 허리를 부여잡고 도미찜을 완성했다고 한다. 허리가 아픈 와중에도 맛있는 음식으로 스스로를 돌보고 싶었던 거다.

한나 언니는 6년 전 베를린에 놀러 왔다가 자리 잡겠다고 마음먹었다. 베를린에 살면서 드라마 카메오 출연, 생동성 실험 참가, 레스토랑 서빙 등 안 해 본 아르바이트가 없다. 그런데 그런 삶을 설명하는 방식이 너무 쾌활하다. 스타트업에서 해고당했었다는 말조차 밝고 다부지다.

한나 역시 요리를 좋아했다. 며칠 후 우리는 도미찜 모임에 다시 초대되었다. 한국에서 유기견으로 떠돌다 독일로 입양된 강아지 우주가 있는 작업실이었다. 한쪽에는 한나의 어머니가 부친 편지들이 붙어 있었다. "너같이 대단한 딸이 어떻게 나한테서 나왔을까."

모임에 뒤늦게 온 친구에게 한나는 또 한 번 밥을 차려 줬다. 밥솥에는 밥이 한가득했고 된장찌개도 있었다. 가족은 결국 서로를 돌봐 주는 사람들. 서로에게 밥을 먹이고, 온기를 제공해 줄 사람들. 우리는 평생 스스로에게 그런 가족이 되어 주어야 하고, 외로울 때는 그런 가족을 찾아 나서야 한다.

잼을 바를 때 쓰는 스프레드 나이프가 있다. 자취

를 하는 나는 돈이 아깝다고 그것을 사지 않았다. 포크나 나이프나 수저로 대체하면 되니까. 그런데 정석과 예봉과 한나는 내게 빵과 잼과 버터와 스프레드 나이프를 내주었다. 그 스프레드 나이프를 보며 내가 받는 보살핌의 깊이를 음미했다. 핸드폰 메모장을 열어 '스프레드 나이프 사기'라고 적었다. 한국 가서 어떻게 살아야 할지 적고 또 적고, 받아 적을 게 너무 많다.

행복한 사람들은 어디서 살든 기어코 행복할 것이다. 그래서인지 한국에 돌아가는 게 그리 슬프거나 두렵지가 않았다. 이 감각을 계속 이어 가면 되니까. 잊지 않으려고 아주 작은 단위의 생각까지 메모장을 열어 적어 놓는다. 도시 전체가 갤러리인 것처럼, 1분 1초를 감상했다.

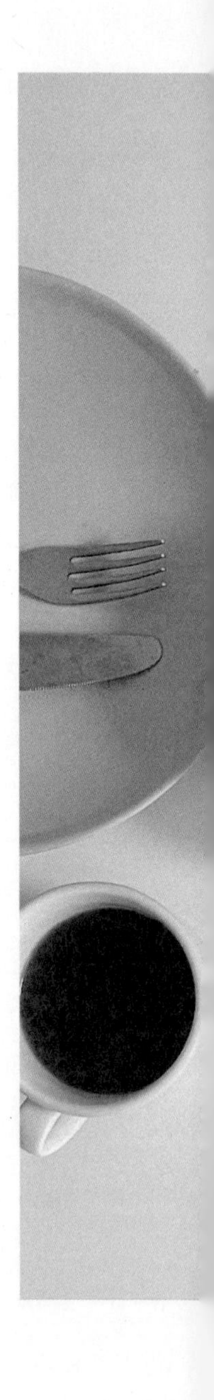

가을 버섯 사냥

취미가 무엇인지 물었을 때 어떤 유럽인들은 '버섯 캐기'라 답한다. 취미란 그 자체로 유희이면서 긍정적인 외부 효과가 일어나기도 하는 일이다. 유튜브 보는 게 취미인 사람이 콘텐츠의 재미에 몰두하면서도 유튜브에서 얻은 정보가 삶을 윤택하게 해 주길 꿈꾸는 것처럼.

버섯 캐기는 어떤 취미일까. 수렵, 채취를 하지 않아도 먹을 것을 얼마든지 구할 수 있는 도시에서 굳이 직접 버섯을 캐러 가는 것. 행위 자체에서 오는 기쁨을 누리지 못하는 사람은 할 수 없는 일이다. 직접 캔 버섯으로 요리를 해 먹는 특별한 경험은 덤이다. 독보적이다. 취미로서 점수를 매긴다면 100점 만점에 120점짜리 농도 짙은 취미다. 마침 그런 취미를 가진 친구들을 만났다. 버섯을 캐러 근교로 나간다는 그들을 따라가지 않을 수 없었다.

근교로 나가는 기차 안에서 나는 알프스 소녀처럼 한쪽 팔에 라탄 바구니를 끼고 버섯을 한가득 따는 상상을 했다. 노랑나비가 날아다니고 모든 게 순조로운 풍경. 그러나 우리가 도착한 곳은 습하고 음침한 숲이었다. 맞다, 버섯이 곰팡이 친척이었지. 잠시 당황했다. 어두운 숲속 깊이 들어갈수록 보일 듯 보이지 않는 버섯들이 포진해 있었다.

버섯을 발견하면 버섯 식별 앱을 켜서 사진을 찍

는다. 아래서 찍은 버섯, 위에서 찍은 버섯, 옆에서 찍은 버섯. 사진을 골고루 찍으면 버섯의 이름, 식용 여부, 독의 유무 등의 정보가 뜬다. 포켓몬 GO 게임을 하는 기분이다. 하지만 버섯은 실재하는 생물체다. 숨겨진 독으로 나를 죽일 수도 있으니 포켓몬보다 무서운 존재다.

아쉽게도 우리가 발견한 대부분이 독버섯이었다. 독버섯은 산속 깊숙한 데서 화려한 모양새를 하고 있을 줄만 알았다. 슈퍼 마리오에 나오는 탐스러운 빨강 버섯처럼 눈에 띄게 관능적인 것들 말이다. 하지만 독버섯은 대부분 생김새가 평범했다. 심지어 축 처지고 야윈 것도 있었다. 측은하게 생긴 독버섯이라니. 친근하고 가여운 것들이 독을 품고 있다! 이 명제에서 선인들은 무엇을 배웠을까. 인간 세상에서도 때로는 가장 무해해 보이는 것들이 해로울 때가 있다. 서울의 거대한 빌딩숲 사이로 외로움을 먹고 우뚝 선 독버섯을 상상했다. 친근하지만 독을 품은 것들이 점점 많아지는 방향으로 세상은 진화하고 있다.

끝도 없이 이어지는 숲길을 걷자 초원이 나왔다. 초원이라 부를 수 있는 너른 땅은 부러움의 대상이다. 너른 땅에 아무 용도도 묻지 않는 사람들이 부러울 수밖에. 부동산으로 매겨지지 않는 땅, 소유자가 없는 땅이다. 지난번 버섯 사냥에서는 함께 딴 버섯으로 리조또를 만들어 먹었다고 했다. 이번 사냥은 큰 수확이 없다. 함께 간 강아지 우주가 초원을 전속력으로 뛰어다녔다. 그걸 보는 일이 포만감을 주었다.

걷고 또 걷다 보니 이번엔 호수가 나왔다. 호수에 앉아 철새들을 바라보는데, 휠체어에 탄 아들을 데리고 나온 노인이 내 옆으로 자리를 잡았다. 둘이 꼭 닮아서 아들이라고 생각할 수밖에 없었다. 가방에서 요거트를 꺼내 아들에게 떠먹이는 노인을 바라봤다. 내 시선이 부담스러울까 봐 몰래몰래 훔쳐봤다. 아름답고 슬픈 장면이었다. 노인은 아들이 요거트를 씹어 삼키는 동안 호수 너머의 노을을 바라봤다. 매일매일 치르는 의식 같았다. 그러다 결국 노인과 눈이 마주쳐 버렸다. 우리는 함께 미소 지었다.

집에 돌아오니 바지 주머니에 버섯 하나가 들어 있었다. 버섯을 정석에게 주었다. 정석은 그 단 하나의 버섯을 넣어 버섯 수프를 끓여 주었다. 모든 게 아름답게 맞아떨어졌다.

우리는 이래서 여정이라는 단어를 좋아하는 걸까. 목표보다 과정에 주목하는 여행. 측은한 버섯, 숲의 물 냄새, 너른 초원, 호수, 휠체어, 노인, 요거트, 버섯 수프. 목표는 버섯이었지만 기억에 남는 것은 다른 것들이다. 우리가 하는 일들이 대개 그렇다.

창문이 있을 권리

여행에 가져갈 책을 고르는 일은 중요하다. 출발 직전까지 책을 넣었다 뺐다 유난을 떨어야 한다. 소설을 가져갈지 수필을 가져갈지도 고민이지만 종이의 재질과 무게까지 고민해야 한다. 한 문장 한 문장 곱씹으며 읽게 되는 책은 더할 나위 없다. 한 문장 읽고 먼 산 보고, 또 한 문장 읽고 먼 산 보는 행위가 주는 충만감은 느껴 본 사람만 알지. 생각할 거리가 많아서 좀처럼 나아갈 수 없는 기쁨. 누군가 나의 책《작고 기특한 불행》을 여행에 가져가길 잘했다고 말해 준 적이 있다. 그게 얼마나 큰 칭찬인지 알기에 기뻤다.

이번 여행에는 두 권을 가져갔다. 목정원 작가의《모국어는 차라리 침묵》과 신유진 작가의《창문 너머 어렴풋이》. 내 생에 가장 잘한 '책 선정'이었다고 말하고 싶다. 두 작가 모두 프랑스어를 잘하고 프랑스에 산 적이 있다.《창문 너머 어렴풋이》를 읽으며 나는 몇 번이고 신유진 작가에게 편지를 쓰고 싶어졌다.

유럽의 거리에는 창문이 많다. 로마 근교 바닷가를 걷다가 눈이 마주친 창문 속 할머니는 내게 손을 흔들어 줬다. 환한 미소와 함께. 주름 가득한 미소를 보며 오만한 마음에 눈물이 날 것 같았다. 내가 뭐 그리 반가우실까. 나도 이가 보이게 웃으며 손을 흔들었다.

베를린에서는 건물 1층에 있는 사무실을 많이 봤다. 사무실마다 큰 창문이 나 있는데, 블라인드나 커튼으로 가리지도 않고 일을 했다. 거리낌 없이 집중해서 일을 하고 있다. 내가 빤히 쳐다봐도 모를 만큼 거리에서 일어나는 일을 아랑곳하지 않고 일만 한다. 창문 안을 구경하느라 혼자 걷는 길도 심심하지 않았다.

혼자 걷는 길이 창문 덕에 외롭지 않듯이 혼자 사는 사람도 창문 덕에 외롭지 않다. 정석의 집에 테라스가 있어서 나는 줄곧 테라스로 나가 거리를 살폈다. 자전거를 타고 가는 할아버지의 정수리를 보고, 옆 건물 앞에 버려진 중고 물품들을 눈여겨봤다. 건너편 테라스에 놓인 의자 개수를 보며 어떤 가족이 살까 상상하다가 어느 할머니와 눈이 마주치면 사색에 잠긴 척 고개를 숙였다. 낯선 관찰자가 등장해서 할머니의 마음이 불안해질까 걱정됐다.

한나 언니의 집은 1층에 있어서 거리를 지나다니는 사람들을 바로 구경할 수 있었다. 산책하는 강아지들이 이 집의 풍경이다. 여기서 글을 쓴다면 어떤 글이 나올까. 여기서 일을 한다면 난 어떤 일을 하게 될까. 길을 걸어가는 사람들과 가로수를 보며 산다는 건 어떤 기분일까. 사십 대에는 이런 집에서 글을 쓰고 있으면 좋을 것 같아. 그러려면 지금, 정말 열심히 살아야겠구나. 열심히 살고자 하는 의욕은 언제나

뜬금없는 곳에서 부풀어 오른다.

《창문 너머 어렴풋이》에서 작가는 창문을 통한 경험을 자주 이야기한다. 작가가 프랑스에 살면서 창문 너머 생각하고, 그리워하고, 관찰한 것들. 그도 건너편 건물의 아저씨와 눈이 마주치곤 어색해하다가 어느새 이웃들과 인사를 주고받는 사이가 되었다고 한다. 창문을 본다는 것은 이웃을 본다는 것. 그의 모든 글에는 일상적인 연대에 대한 애틋함이 묻어 있었다. 읽는 내내 반가움이 솟았다.

10년 전 어떤 다큐멘터리를 보고 훈데르트바서라는 이름의 건축가를 사랑하게 됐다. 심지어 그의 건축물을 직접 보기 위해 교환학생을 오스트리아로 갔다. 지금은 그의 작품들이 너무 유명해져서 우도에 테마파크까지 생겼다고 한다. 훈데르트바서는 독일어로 '100개의 물'이라는 뜻이다. 그는 '창문에 대한 권리'라는 걸 주장한 건축가로도 유명하다.

"모든 사람들은 창문에 대한 권리를 가집니다. (…) 수감된 이웃과 자신을 구별하고, 모든 사람들이 멀리서도 볼 수 있게 해야 합니다. 저곳에 자유로운 사람이 살고 있다는 것을." -훈데르트바서, 1958

멀리서도 창문을 통해 자유로운 너와 내가 살고

있다는 것을 알 수 있어야 한다는 걸까. 서로의 존재를 놓치지 않고 인지하기 위하여. 그 누구도 혼자가 아니라는 것을 알기 위하여. 여름날 반지하에 난 작은 창문을 뚫지 못하고 빗물에 갇혀 떠난 사람들을 기억한다. 창문을 내기 위해서는 그만큼 풍족한 공간이 있어야 한다. 창문과 창문 사이에도 적당한 거리가 있어야 한다. 몇 년 전 종로의 한 고시원에서 화재가 발생했다. 2층에서 창문으로 탈출하려던 투숙객들은 좌절했다. 창문을 열자 바로 옆 건물이 딱 붙어 있었던 것이다. 목숨을 위협하는 밀도에서 탈출할 수도 없는 창문을 가지고 살아가는 우리는 어떤 권리부터 다시 지어야 하나.

서울에 사는 나의 전셋집에는 햇빛이 잘 들어온다. 이 집의 많은 단점을 햇빛 하나로 '퉁치고' 살아간다. 눈부신 햇빛에 눈이 절로 떠지는 자연스러운 아침이 내가 이 집에 들어온 이유다. 나는 추운 겨울에도 창문을 열어 놓는 강박이 있다. 아무리 추워도 조금이라도 열어 놓아야 한다. 공기가 순환되는 감각에서 내가 바깥과 연결되어 있다는 안정감을 느낀다. 육교를 건너는 사람들을 보며 귀엽고 평범한 일상을 실감한다. 창문은 참 좋은 것이다. 정석의 방처럼 아름답고 이국적인 풍경도 없고, 건너편에서 눈을 마주쳐 주는 할머니도 없지만, 이걸로 만족한다. 창문 너머로 아파트 불빛이 하나둘 꺼지고 있다.

리멤버 미

주말 오후였나. 할머니가 한동안 방에서 나오지 않았다. 할아버지가 돌아가시고 몇 년이 지난 후였다. 할머니의 통곡으로 이어지던 밤이 막 일상의 리듬을 되찾았을 즈음.

—할머니 뭐 해?

활짝 열린 장롱 앞에 앉은 할머니의 작은 몸 주위로 두꺼운 사진 앨범이 쌓여 있었다. 할머니는 한 장 한 장 꺼낸 사진들을 뭔지 모를 기준 두 가지로 분류하는 중이었다. 할머니 왼쪽 무릎 아래엔 몇 장 안 되는 사진이 차곡차곡 정리되어 있었고 오른쪽 무릎 아래엔 수많은 사진이 아무렇게나 놓여 있었다. 왼쪽 무릎 아래 사진들이 높은 경쟁률을 뚫고 통과한 합격자들인 듯했다. 합격 기준이 뭔지는 몰라도.

—엄마, 할머니 뭐 하는 거야?

저녁을 준비하던 엄마가 한숨 섞인 말을 쏟아 냈다.

—너희 할머니가 보통 분이시니. 여행 가시면 한 달 전부터 짐을 싸시는 분이야. 당신이 언제 돌아가실지 모르니까 생전에 당신 사진을 정리하시는 거야. 돌아가시면 어차피 모두 불에 태워질 테니까. 꼭 남기고 싶은 사진만 남기고 나머지는 버리시려는 거야. 사진 많이 남겨 봤자 자식들한테 짐만 된다고.

대학생이던 내게는 서늘한 말이었다. 나의 죽음을 내가 준비한다는 것이 가능한가, 하는 의문이 가장 먼저 들었다. 죽음이라는 무서운 세계를 받아들이는 것도 어려운데 이성적으로 준비한다니, 그게 가능한가. 게다가 사진을 버린다니. 나의 시간과 기억이 담긴 근사한 결과물을 내 손으로 버린다니. 미니멀리즘이고 나발이고 추억이라면 애틋하게 쌓아서 소장하는 것만이 익숙했던 시절이었다. 그날 열심히 자신의 추억을 솎아 내던 할머니의 모습은 사진으로 남기지 않았어도 여태 선명하다. 남길 만한 추억과 남기지 않아도 될 추억을 솎아 내는 기준을 그 나이가 되면 가질 수 있을까.

베를린 마우어 파크 벼룩시장의 한 코너에 버려진 사진들이 쌓여 있었다. 우리 할머니와는 다르게 사진을 정리하지 못하고 떠난 사람들의 과거가 길가에 내앉아 있었다. 이 사진들은 어쩌다 여기까지 왔을까. 서양인의 얼굴을 인테리어 삼는 동양의 여행객들과 유럽의 젊은 아티스트가 그 사진들의 주 고객이었다. 사진 속 시대에, 그 가문에서 꽤나 중요한 인물이었을 한 군인은 액자의 단단한 보호를 받으며 근엄한 미소를 짓고 있었다. 이런 경우 사진보다는 액자로 가격이 측정된다. 그 단단한 액자를 사는 사람에게 근엄한 미소는 덤과 같은 거다. 사진은 잔뜩 구겨 휴지통에 넣든지 말든지.

—이건 아무래도 유태인들 같지?

—그러네. 유태인 엄마와 딸들인 것 같다.

유럽과는 인연이 꽤 많기도 했고 어릴 때부터 히틀러의 역사를 누누이 배워 온 덕에 유태인의 얼굴은 구분할 수 있었다. 늠름한 독일 장군 바로 옆에 활짝 웃고 있는 유태인 가족이 있었다. 사진 속에 아버지는 없었다. 아버지에겐 무슨 일이 생겼을까. 이 사진을 찍고 세 여자는 어디로 갔을까. 어떻게 죽었을까. 사람 없는 집에 홀로 남은 액자 하나가 수많은 사람들의 손을 거쳐 이곳까지 왔을까. 고작 사진 한 장이 무수한 이야기를 건넨다. 머나먼 한국에서 온 내게 자신들에게도 인생이 있었다고, 이야기가 있었다고 호소한다. 벼룩시장은 그렇게 소리 없는 절규가 차오르는 곳이다.

길가에 내앉은 것이 사진뿐만은 아니다. 추억도 이 길 위에서 대물림된다. 제법 끈질긴 생명력을 가지고 지구에서 버틸 만큼 버티는 거다. 증조할머니에서 할머니로, 할머니에서 어머니로 내려왔을 오래된 접시도 결국 이가 나가고 금이 가서 길거리에 내앉고 말았다. 그 접시는 내가 서울로 가져왔다. 엄마는 왜 남이 쓰던 걸 사 왔냐고 했다. 그럼에도 찬찬히 살피더니 나름의 멋이 있다며 좋아했다. 국경을 넘은 추억의 대물림이다.

애니메이션 〈코코〉가 떠오른다. 〈코코〉에서는 이승에 있는 사람들 중 고인을 기억하는 사람이 한 명도 남지 않게 되어서야 저승의 고인이 최후의 죽음을 맞이한다. 모두의 기억 속에서 사라지는 일이 진짜 죽음이라는 의미다. 할아버지가 돌아가셨을 때 엄마는 내게 진부한 표현으로 위로를 건넸다.

—네 마음속에 할아버지가 있는 한 할아버지는 영원히 살아 계신 거야.

그러나 때론 클리셰만 한 게 없다. 어떤 말들이 전 세계에서 꾸준히 남발되고 있다면 그 말이 대체 불가능한 진실이기 때문이다. 할아버지 할머니가 살아 계셨을 때 당신들의 어머니 사진을 보여 주신 적이 있다. 한복을 입고 어떤 표정을 지어야 할지 몰라 무표정으로 굳어 있던 오래전 그분들을 기억한다. 그렇다면 저승 세계에서 아직 살아 계시려나. 내가 기억하고 있으니 말이다. 벼룩시장에서 마주한 낯선 얼굴들도 저승에서의 수명을 조금은 연장했을지 모른다. 내가 한참을 바라보았으니 말이다.

언젠가 유럽에서 봄을 맞았을 때 적었던 구절이 있다. 형편없이 불공평한 세상에서 단 한 가지 평등한 기쁨이 있다면 봄이라는 계절일 거라고. 혹독한 겨울이 지나고 봄을 맞는 짜릿한 기쁨만은 길거리에 있는 노숙자에게도, 테라스에 앉은 부자에게도 공평하지 않겠느냐고. 나이가 들수록 그보다 공평한 것이 있음을 느낀다. 그것은 죽음이다. 〈코코〉가 보여주듯 죽음이란 잊힘이다. 스마트폰을 처음 만들어

낸 스티브 잡스나 전 세계에 이름을 떨친 나폴레옹이 아닌 이상 우리는 모두 잊힌다. 우리의 추억마저 길가에 내앉을 언젠가가 모두에게 기어이 찾아올 것이다. 예외는 없을 것이다.

오늘 밤 나는 할아버지 할머니의 목소리를 더듬어 볼 것이다. 그들의 얼마 안 되는 사진을 찾아 장롱을 뒤지는 것보다 눈을 감고 차분히 그들의 목소리에 귀 기울이는 편이 낫겠다는 생각이 든다.

지구에서 엄마로 산다는 것

나우엘의 집에 도착하자마자 나우엘은 직접 만든 파운드 케이크와 차를 내왔다. 그는 모로코 출신이며 프랑스에서 살다가 4년 전 독일로 왔다고 했다. 남편은 독일 사람으로 몹시 수줍은 성격처럼 보였다. 입만 뻐끔거리며 소리 없는 인사를 하고는 방으로 들어가 버렸다. 어중간한 사이의 지인과 마주쳤을 때 내가 인사하는 방식 그대로였다. 반면 활발한 나우엘은 우나와 그동안 참았던 수다를 쏟아 냈다. 교환학생 시절 우나는 나의 베스트 프렌드였다. 우나와 나는 6년 만에 다시 만나 독일 여행을 하는 중이었다. 프랑크푸르트를 지날 때 우나는 나우엘의 집으로 나를 데려갔다.

우나와 나우엘은 단짝 동료였다고 했다. 그 이유는 간단했는데 회사에서 그 둘 빼고 나머지는 모두 못된 놈(Jerk)들이었기 때문이다. 어느 날 나우엘이 거침없이 자기주장을 펼치자 맞은편에 앉아 있던 독일 남자가 이렇게 말했다고 한다. "너희 나라 여자들은 보통 얌전한데, 넌 참 다르단 말이지."

나우엘은 그 순간을 잊지 못한다고 했다. 그렇게 열불이 뻗칠 때마다 곁에서 함께 욕해 주는 우나가 있었다. 나는 평소 독일을 우러러보았다. 자기 나라의 과거를 반성하는 역사관과 그 역사관을 유지시키는 교육 시스템, 이민자에 대한 개방적 태도와 유럽에서 독자적으로 살아남은 경제력까지. 하지만 나우엘은 다른 의견을 꺼냈다.

—3년 전쯤만 해도 인종차별 같은 건 노인들만 했는데 이제는 아니야. 너도 알다시피 유럽 전체가 보수적으로 바뀌고 있고 젊은 사람들도 이민자를 안 좋게 생각하기 시작했어. 못된 놈이 많아지고 있지.

독일 젊은이들의 인종차별 이야기가 한창일 때 나우엘의 남편이 등장했다. 우나는 귓속말로 나우엘의 남편은 착한 독일인이라고 말해 줬다. 어색해 보이는 그에게 나는 뻔한 질문을 던졌다.

—아기 키우는 건 어때? 힘들지?

—우린 어제도 2시간밖에 못 잤어.

뿡. 나우엘 남편과의 대화가 시작되려는데 야니스(나우엘 부부의 아기)가 방귀를 뀌었다. 모두 웃음이 터졌고, 나는 야니스의 방귀 냄새를 연막 삼아 줄곧 가지고 있던 궁금증을 내비쳤다.

—그래도 독일은 엄마들이 살기 좋지 않아? 육아휴직도 엄청 길 것 같은데.

—육아휴직이야 몇 개월 주긴 하지. 그럼 뭐 해? 복직한 후가 문제야. 독일은 어린이집이 3시면 문을 닫아. 그럼 우리는 어쩌지? 3시에 퇴근해서 아이들을 데리러 가야지. 결국에는 아이를 가지면 일을 그만둬야 하나 고민하는 여자들이 생기는 거야. 사회가 여자들의 경력 단절을 조장하고 있어.

나우엘이 속사포처럼 대답했다. 독일에서 이런 말

을 들을 줄은 몰랐다. 물론 내가 독일이란 나라에 막연한 환상을 가진 탓도 있었지만 그즈음 북유럽 국가의 탄탄한 복지가 여러 매체를 통해 알려진 터라 유럽 전역이 대안적인 육아 인프라를 갖췄을 거라고 생각하는 게 이상한 것도 아니었다. 베를린의 유명한 카페에 들렀을 때 문을 닫아야 하니 나가 달라던 사장님이 불현듯 생각났다. 불과 오후 2시 50분이었다. 이른 시간에 가게를 닫는 이유를 물어봤다. 파란색 체크 남방을 입은 소탈한 중년의 사장님이 말했다.
"가족 일이죠. 3시에는 어린이집에 아이를 데리러 가야 해요."

돌봄 노동자의 저녁 있는 삶을 보장하기 위해 나우엘이나 카페 사장님 같은 부모들은 오후 3시부터 육아를 감당해야 한다. 이런 아이러니가 있을 줄이야. 나는 얼마 전 한국에서 본 다큐멘터리를 바탕으로 심문을 이어 갔다.

—북유럽에서는 엄마들이 파트타임 잡을 하는 경우가 많다던데. 독일은 그렇진 않아? 우리는 아이를 할머니 할아버지에게 맡기거나 저녁까지 어린이집에 맡기기도 해.

야니스를 보며 사랑스러운 표정을 짓던 나우엘이 고개를 돌려 격분하며 말했다.

—그건 북유럽이지. 우리는 파트타임 잡을 구하기가 쉽지 않아. 그런 일은 대부분 시급이 낮은 편이

고. 만약 내가 부자와 결혼했다면 파트타임 잡을 하거나 집에서 애를 봤을 거야. 오, 정말 그러고 싶다. 너도 돈 많은 독일 남자를 만나서 결혼해.

지금 내가 어디에 있는지 혼란스러운 순간이었다. 친구들과 육아의 고통에 대해 이야기할 때 우리의 토론은 늘 막다른 벽에 부딪힌다. 어디서부터 뜯어고쳐야 할까. 사회복지와 노동환경이 서로를 탓하는 사이 엄마들의 새우등만 터지고 있다. 독일조차 일하는 엄마로 살기 힘든 나라였다니. 독일의 젊은 엄마에게 돈 많은 독일 남자 만나서 팔자 펴라는 말을 들을 줄은 정말 몰랐다.

그런데 웃긴 건 마음 한쪽에서 기묘한 안도감이 스멀스멀 피어올랐다는 사실이다. 엄마로 '잘' 살아가기라는 과제를 함께 짊어진 지구인으로서의 유대감 같은 거였을까. 독일도 엄마로 살기 어렵다는 나우엘의 말이 엄마라는 타이틀 앞에서 부담을 느끼는 한국 여성에게 위로가 될지 절망이 될지는 모르겠다. 분명한 건 그 타이틀이 위대하다는 사실이다. 인종차별과 미세먼지와 교육환경 노동환경 같은 거대 담론들의 공격을 가뿐히 지르밟고 엄마의 길을 걸어가는 여성들. 엄마들의 지구는 돌지 않는다. 한국의 엄마도 북유럽의 엄마도 밤낮을 잊은 채 아기 곁을 지키겠지.

우리는 또 어떻게 변해 갈까

발리의 요가 수업이 떠올랐다. 아무 말 없이 천천히 걷기만 하는 수업이었는데 단 하나의 규칙이 있었다. 다른 수강생과 동선이 겹칠 때마다 눈빛을 교환하고 다시 갈 길을 가는 것. 외국인 강사는 우리가 둥그런 방을 두서없이 걷는 동안 가운데 서서 같은 말만 되풀이했다. "이 세상엔 영원한 인연도 영원한 관계도 없습니다. 우리는 만나고 또 헤어집니다. 영원한 건 없습니다."

요가 교실이 작은 실험실처럼 느껴졌다. 시간과 공간과 인연이라는 세 개의 축을 단순화한 실험실. 영원한 건 없습니다. 요가 선생님의 말을 서른 번쯤 반복해서 듣자 비로소 허무함 대신 안정감이 찾아왔다.

밀라노에서 발리의 요가 수업이 떠오른 게 우연은 아니었다. 랜덤으로 플레이된 노래가 하필이면 봄여름가을겨울의 〈사람들은 모두 변하나 봐〉였으니까. 이 노래와 요가 강사의 말은 꽤 비슷한 면이 있다. 영원한 것은 없다는 사실이 우리를 공포로 몰아넣지만 그것을 인정하면 더 성숙해질 거라는 절박한 위로 같은 느낌. 니체가 말한 초인도 비슷한 것 아닌가. 삶의 허무를 직면하고 넘어서서, 삶을 사랑하며 나아가는 사람. 우리는 허무의 바닥을 찍어야 한다. 그 안에서 헤매며 하얗게 질리고 나서야 그 사실을 온전히 받아들이게 된다. 완전히 기진맥진한 채로 말이다. 그리고 운이 좋다면, 즐기게 될 것이다. 짧은 인생, 영원한 것은 없으니 계속 변하며 살아야지.

밀라노에서 재회한 우나는 니체의 초인에 거의 다 가선 듯 보였다. 이 글은 우나에 대한 이야기다.

10년 전: 흡연O 맥도날드O 클럽O 술O 탄산음료O 카페인O

10년 전 오스트리아 잘츠부르크에서 교환학생으로 지내고 있을 때 우나를 알게 됐다. 한 달간 나와 기숙사 방을 함께 쓴 라트비아인 여자아이다. 부동산 문제가 생겨 원래 살던 집에서 쫓겨난 우나는 일이 해결될 때까지 내 방에서 묵고 싶어 했다. 나는 낙천적인 그가 좋았고, 그의 낙천적 사고가 나와의 동거를 해결책으로 택했다는 사실이 왠지 뿌듯했다. 우나는 한 달 동안 내 침대 아래서 침낭을 놓고 잠을 잤는데, 자신을 Homeless라고 부르며 좋아했다. 매일 기침을 달고 사는 나와 달리 그는 건강한 골초였다. 기분이 좋아도 담배를 피웠고 기분이 나빠도 담배를 피웠다. 나는 기침을 참으면서도 우나가 담배 피우는 모습을 보는 게 좋았다. 내 기숙사 방은 1층이어서 통창을 열고 나가면 바로 들판이 펼쳐졌다. 들판 끝에는 알프스산맥의 뿌리가 눈에 덮여 있었고 가끔은 방 앞으로 사슴 가족이 지나갔다. 말도 안 된다고 하겠지만 잘츠부르크의 대학이란 그런 곳이었다.

수업이 끝나면 웃통을 벗은 학생들이 빙하가 녹

아 내려오는 호수에서 수영을 했다. 그리고 그 풍경 한가운데에는 빨간 라이더 재킷을 입고 연신 담배를 피우는 우나가 있었다. 가끔은 우나에게 담배를 끊으라고 협박하며 그가 잔디밭에서 담배를 피우는 동안 창문을 잠가 버리기도 했다. 잘츠부르크의 겨울은 냉혹해서 꽤나 고통스러울 법한데도 우나는 낄낄대며 밖에서 줄담배를 태웠다.

하루는 우나가 울면서 방에 돌아왔다. 교수가 자신이 원하는 성적을 주지 않았다고 했다. 그 기간엔 둘 다 우는 일이 많았다. 살아오며 겪은 사랑 이야기, 잘츠부르크에서 만난 남자 이야기를 하며 울고 웃다 아침을 맞는 일도 생겼다. 그렇게 술과 담배로 밤을 지낸 다음 날이면 꼭 나를 데리고 맥도날드로 갔다. 빨간 부츠에 빨간 라이더 재킷을 입고 햄버거를 입에 욱여넣는 우나는 언제나 사랑스러웠다. 줄곧 그에게 말했다. 너를 한국으로 데려가고 싶다고. 낙천적이면서도 열정적이고 자유로우면서도 규칙이 있는 그의 삶이 너무나 아름다웠으니까.

4년 전: 흡연 X 맥도날드X 클럽X 술O 탄산음료O 카페인O 베지테리안O

그리고 4년 전 독일에서 우나를 다시 만났다. 4년 만에 만난 친구에게 내가 제일 먼저 한 말은 “너 왜 이렇게 살이 빠졌어?”였다. 첫마디가 어떻게 그따위

인지에 대해 우나는 두고두고 욕을 했다. 그의 몸은 날씬하다는 말보다는 단정하다는 표현이 어울렸다. 단정한 육체와 평온한 얼굴이 나를 반겼다.

그는 시작부터 끝까지 나를 놀라게 했는데, 일단 담배를 끊은 것이었다. 이유는 없다고 했다. 그냥 끊는 게 좋을 것 같아서. 그리고 베지테리언이 되어 있었다. 맥도날드를 즐겨 먹던 그가. 그것도 이유는 없다고 했다. 벌써 5년째라고 했으니 나와 헤어지고 1년 뒤부터 우나의 삶에는 건강한 변화가 시작된 셈이다. 그즈음 나는 한국에 돌아와 본격적인 취업 준비를 시작했다. 도서관에서 먹는 삼각김밥과 에너지 음료를 미덕으로 여겼던 때다.

우나의 친구 믹키도 함께 만났다. 서른둘에 레스토랑 알바를 하며 교육대학원을 다니는 믹키. 그런 우나와 믹키에게 내 얘기를 할 차례가 되었다. 회사 일은 맘에 들지 않지만 그렇다고 다른 대안도 없다는 이야기. 무리한 업무량으로 몸의 이곳저곳에 셀 수 없이 많은 종양이 생겼다는 이야기. 그래서 수술을 했는데 제대로 쉬지 못하고 또 과로를 했던 이야기. 그러다 우울과 불안장애가 왔다는 이야기. 어느 날 치과에 갔는데 간호사가 얼굴 위로 천을 덮자 숨이 쉬어지지 않았다는 이야기. 그래서 휴직을 결심하고 이곳에 왔다는 결론까지. 모든 이야기가 끝나자 우나와 믹키가 입을 모아 말했다. Oh my god, you gotta change your job.

우리는 너희처럼 변화가 쉽지 않아. 일을 바꾸려면 아마 학교부터 다시 가야 할지도 몰라. 시험도 다시 봐야 하고 너무 힘들다고. 그럼 돈은 어떡해? 변화가 두려운 이유를 쏟아 내는데도 그들은 평온한 표정이다. 믹키는 교육대학원을 다시 다니고 있는 자신을 증인으로 내세웠다. 알바를 하며 공부하는 것도 기쁨이라고 했다. 나이는 상관없다고. 인생은 한 번뿐이라고. 제발 단순하게 생각하라고.

생각해 보면 내가 무서워했던 것은 변화 그 자체였다. 변화하려면 인생은 번거로워진다. 어딘가에 지원을 해야 하고 무언가를 위해 또 공부해야 하고 실패도 할 테고. 그런 것들이 무서웠다. 모두가 종착역을 정하고 출발할 때 나는 알 수 없는 정거장에 내려 목적지 설정부터 다시 하는 것 아닌가. 한국에서 배운 거라고는 내비게이션에 목적지를 입력하고 거기서 알려 주는 대로 가는 것뿐이었다. 좌회전하라면 좌회전하고 직진하라면 직진한다. 그렇게 죽어라 따라가며 친구들을 따돌리다 보면 목적지에 도달하는 삶. 그런데 목적지 설정을 다시 하라니 무서울 수밖에.

(그러나 웃기게도 나는 지금, 믹키를 만났을 때보다 훨씬 늦은 나이에, 회사를 때려치우고 다시 학교를 다니고 있다.)

그리고 다시 만난 우나: 흡연X 맥도날드X 클럽X 술X 카페인X 탄산음료X 베지테리안O

그리고 올해 밀라노에서 또 한 번 달라진 우나를 마주했다. 먼저 숙소에 도착한 나는 그를 위해 커피를 내리기 시작했다.

—커피 마실 거지?

—아니, 나 카페인 끊었어.

—뭐? 어떻게 된 거야?

—이제 술도 안 마시고 탄산음료도 안 마셔. 아, 탄산수도.

—야, 너 완전 할머니처럼 산다.

—나 완전 할머니지.

서로를 놀리면서 깔깔대는 것은 10년 전과 다름없었지만, 커피까지 끊은 우나의 얼굴에도 주름이 생겨 있었다. 10년이 지났다는 감각이 그의 얼굴에서 생경한 방식으로 피어났다.

10년간 세 번, 우나를 만날 때마다 한 사람이 어떻게 변해 가는지 관찰할 수 있었다. EU 국가들을 오가며 직장을 옮기는 그의 삶이 어릴 때는 그렇게 부러울 수가 없었다. 견고한 사회적 안전망 위에서 낙천적으로 생동하는 삶에 실로 열등감을 느꼈다. 하지만 더 건강하게, 더 잘 살기 위해 고민하는 지금의 우리는 어디에 살든 다를 게 없었다.

—내 몸을 깨끗하게 하고 싶어. 단정하게 살아가고 싶어. 솔직히 옛날에 내가 담배 피웠던 걸 생각하면 끔찍해. 정말 잊고 싶은 기억이야. 그땐 내가 왜 그랬는지 모르겠어.

담배를 피우던 자신을 떠올리며 우나는 disgusting이라는 단어를 쓰고 얼굴을 찌푸렸다. 우리는 10년 전보다 돈을 얼마나 더 많이 버는지 같은 이야기는 하지 않았다. 더 건강한 삶에 대해 토론하는 것만으로도 대화할 시간이 부족했다.

—너는 뭐가 달라졌어?

우나가 물었다. 그러게. 나는 뭐가 달라졌을까. 10년 전에는 없던 아토피가 생겼어. 그렇다면 나의 삶은 퇴보했다고 말해야 할까. 나는 여전히 고기를 먹고 탄산음료도 마셔. 직업과 성취를 빼고 나면 할 말이 적어지자 마음이 더부룩했다.

지윤씨는 성취 강박을 벗어나야 해요. 언젠가 상담 선생님께 들었던 말이 떠올랐다. 나름 변화를 추구하며 사는 편인데, 그 변화란 것들이 대개 성취 지향적인 것들이다. 이뤄야 하고 해내야 하는 것들. 우나의 변화가 생활과 라이프 스타일에 관한 것들이라면, 나는 나의 쓰임을 달리하고 인정받는 데서 효능감을 얻고 있었다.

두 번째 숙소에 도착해서 화장실을 쓰려는데 우

나가 급히 따라 들어왔다.

—이거 써.

우나가 건네준 것은 첫 번째 숙소에서 썼던 비누였다. 우나는 그 비누를 휴지에 돌돌 말아 가져왔다.

—물건을 쓰다가 버리는 게 너무 싫어.

—너 진짜 우리 할머니냐?

내가 목격한 우나의 마지막 변화는 이것이다. 절대 낭비하지 않기. 우나는 정말이지 다큐멘터리에 나올 것 같은 사람이 되었다. 절약의 이유는 부자가 되기 위해서라거나 시드머니를 모으기 위해서가 아니라 '무언가를 낭비하는 느낌이 좋지 않아서'다. 그 이유가 마음에 들었다. 내 기분이 좋지 않은 것. 그것만으로 충분하다. 비건이 된 이유도 같았다. 동물을 위해서, 지구 온난화를 막기 위해서가 아니라 고기를 먹는 느낌이 좋지 않아서. 그 심플한 이유가 좋았다.

우리는 3박 4일 동안 참 많은 것을 이야기했다. 남자 이야기도 당연히 빠지지 않았다. 우나는 열다섯 살 많은 인도인과 사귀고 있는데 그에게는 다 큰 아들이 있다고 했다. 그리고 자신은 재혼할 생각이 없다고 말해 우나를 당황시켰다고 한다.

—그럼 너는 어떻게 하려고?

—언젠가는 헤어지겠지.

—근데 왜 계속 만나?

—지금은 좋아하니까.

—그럼 어떻게 할 거야?

—그냥 그때가 올 때까지 기다리면 돼.

이어지는 우문현답. 기다리면 된다는 우나의 말이 내 마음속에 있는 많은 질문에 대한 답이 되어 주었다. 한국에 돌아가 해결해야 할 관계와 고민과 도전들에 대해 '기다리면 돼'라는 말만큼 적절한 조언이 없었다. 지금 내가 할 수 있는 걸 하면 되고, 기다리면 된다.

우나는 10년 전에도 내가 화가 나서 "fuc* you" 하고 소리 지르면 "fuc* me" 하며 같이 소리 지르는 친구였다. 그럼 나는 어이없어서 웃게 되고, 둘 다 깔깔대면서 화가 풀렸다. 우나와 함께 있으면 모든 게 심플해진다.

—10년 전에 우리 만남이 점이었다면 4년 전 다시 만났을 때 선이 되었고, 이제는 평생 인연이 된 거야. 앞으로도 계속 만날 사이인 거지. 무슨 말인지 알겠어?

—모르겠어.

우나는 감동을 허락하지 않았다.

—우리 3년 뒤쯤 다시 만나면 넌 또 얼마나 변해 있을까?

—섹스 빼고는 다 끊을 거야. 내 몸에 들어오는 모든 인위적인 자극은 다 끊을 거야.

그의 대범한 변화가 어디까지 이어질지 나는 상

상할 수 없었다. 우리는 어쩌면 늙어 가는 게 아니라 계속 달라져 갈 뿐일 거라고, 우나를 보며 생각했다. 우나와 나는 다음에 만날 때까지 꼭 하고 싶은 일들을 비밀처럼 주고받았다.

3박 4일이 지났다. 우나를 배웅하러 기차역에 갔다. 4년 전 우리는 울면서 헤어졌는데 이번에는 눈물이 나지 않았다. 곧 다시 볼 거라는 걸 잘 아니까. 그 시간이 얼마나 빨리 갈지 너무 잘 아니까. 늙는다는 건 이런 지혜가 생기는 거구나. 그래서 어른들이 눈물이 없는 거구나. 우리는 웃으면서 포옹하고 뒤돌아섰다.

다시 우나를 만날 날까지 어떤 변화를 만들어 볼까 궁리한다. 나비가 되었는데 날지 않고 나무에만 붙어 있어서는 재미가 없다. 물에 빠지면 어떻게 되는지 날개를 적셔 보고, 시퍼런 꽃에도 앉아 보고 검은색 꽃에도 앉아 보고, 어린아이 손에 잡힐 뻔도 했다가 죽을 고비도 넘기고, 그렇게 살아가는 것이 참 번거롭긴 해도 재밌다.

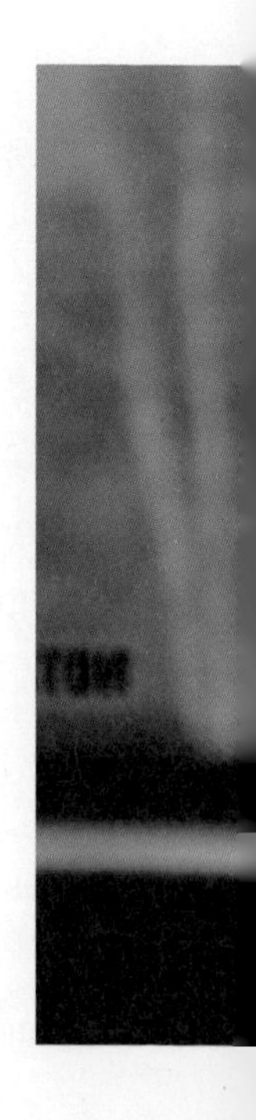

관찰하기

시즈오카, 오사카, 교토, 도쿄

여행자라는 관객

계단을 오르는 것만큼 역사 깊은 생활형 고난이 없다. 일정한 모양의 물체를 오르는 지루한 행위. 고난이 잦은 동네는 집값이 싸다.

계단은 정면으로 마주하는 쾌감이 있다. 모난 각들이 뭉개지고 줄무늬로 된 평면만이 남는 장면. 3차원의 고난이 1차원의 패턴이 되어 버린다. 그 미감이 좋아서 몇 년째 틈틈이 계단을 찍는다. 나에게만 멋져 보이는 게 있다는 건 행복하기도 하고 불안하기도 한 일이다.

처음 계단을 찍기 시작한 건 베를린의 어느 지하철역 위였다. 난간에 기대어 계단을 오가는 사람들을 한참 내려다봤다. 카메라를 들자 프레임 안이 계단으로 가득 찼다. 지하에서 등장해 지상으로 퇴장하는 사람들. 지상에서 흘러와 지하로 잠기는 사람들. 나는 그곳에서 한 시간 넘게 셔터를 눌렀다.

인생에 비유되는 오브제들 중 계단만큼 역사가 오랜 쪽도 드물 것이다. 한 걸음 한 걸음 올라가다 보면 끝에 다다르는 인생. 그렇게 생각하니 사람들의 이동이 하나의 행위예술처럼 느껴졌다. 익명의 사람들이 이곳에서 24시간 쉬지 않고 수직 이동을 하고 있다.

장애인과 노인과 다리가 아픈 사람들에게 계단은 참으로 원초적인 방해물이다. 도시는 끝없이 고도화되지만 물리적 장벽들은 아직도 천지에 깔려 있다.

엘리베이터가 계단을 대체할 줄 알았지만 여전히 계단을 오르내리는 사람이 더 많다. 대체될 줄 알았지만 끝내 살아남은 것들을 생각한다. 계단. 책. 안경. 인간.

여행을 갈 때마다 한자리에서 사진을 찍는 취미가 생겼다. 매일 같은 위치를 무대 삼아 사진을 찍는 거다. 몇 년간 취미를 지속하던 중 이 문장을 만났다. "누군가 그곳을 가로지르고 누군가 그를 지켜본다면, 모든 공간은 극장이 될 수 있다." 목정원 비평가의 《모국어는 차라리 침묵》이라는 책에서 이 문장을 보고는 연필로 밑줄을 박박 그었다. 여행을 하는 나의 정체성은 관객이구나. 세상 한구석을 가로지르는 누군가를 주인공 삼아 끝없이 관찰하고 상상한다. 나의 여행은 그렇다.

관찰하는 여행자의 시선에 카메라 프레임을 넣으면 더 정교한 무대가 생긴다. 프레임 왼쪽 끝에서 커튼을 열고 등장해 무대 중심에서 열연을 펼치고 오른쪽 커튼 뒤로 사라지는 등장인물들. 나는 그들이 어디서 와서 어디로 향하는지 모른다. 계단일 경우 내려가거나 올라가거나 둘 중 하나다. 심오한 부조리극을 공짜로 보는 기분이다. 시계추의 진자 운동을 보는 것처럼 고요하고 한편으로 부질없다.

시즈오카에서는 햇살이 들어오는 어느 사거리에 카메라를 세웠다. 계단이 단편영화라면 사거리는 장

편영화다. 각양각색의 등장인물이 다양한 방향성을 가지고 움직이는 복잡한 플롯이다. 한 남자가 길 한복판에 있는 엘리베이터를 타기 위해 등장했다. 그는 5분가량을 층수가 바뀌는 계기판만 바라보았다. 나 역시 숨죽이고 그의 뒤통수만 노려보았다. 설마 다른 곳은 보지 않을 셈인가. 숫자가 1로 바뀌고 엘리베이터 문이 열릴 때까지 그는 가만히 서서 한곳만 응시했다.

그런가 하면 고등학생 무리는 천진한 얼굴로 내 카메라를 향해 인사를 해 주었다. 한 손에 무거운 장바구니를 든 여자는 카메라를 의식도 하지 않고 힘차게 지나갔다.

우리는 누구나 만인의 관객을 위한 만인의 등장인물로 존재하거나 혹은 그 반대로 존재한다. 길 위에서 서로의 프레임을 들락날락하는 익명의 존재들. 무의미하게 셔터를 누르고 나면 수십 명을 알게 된 것처럼 배가 부르다. 나처럼 평범한 일상을 살아가는 이웃들의 실존을 직접 눈으로 확인해서일까. 하찮지만 소중한 연대감이 든다.

24時間営業
ミマツ駅前ビル

ミマツ駅前ビル
Brillia

ミマツ駅前ビル

일본인들이 일할 때는 착착착 소리가 난다

일을 애타게 사랑하는 사람은 멋지다.

일에 밥벌이 이상의 의미를 두지 않는 사람도 멋지다.

두 가치관은 상반된다. 그런데 왜 둘 다 멋진가. 고개를 가로저어 두 문장을 왔다 갔다 쳐다본다. 나는 두 감정을 모두 가지고 있구나. 어제의 나는 일을 숭상했다가도, 오늘의 나는 나의 일이 천박하다고 말한다. 나는 일에 대한 양가감정을 주체할 수 없는 사람. 여러 직업을 내 것으로 삼아야 한다. 본업과 싸운 날에는 부업과 함께 침소에 들어야 한다. 그러다 보니 일에 대해 일관된 감정을 밀어붙일 수 있는 오롯함을 동경한다.

일본 드라마에 미쳐 산 적이 있다. 밤새 드라마를 봐도 잠깐 자고 일어나면 개운했던 시절의 취미다. 일본 드라마 속 주인공들은 대부분 자신의 일을 자신보다 사랑한다. 한 치 의심도 없는 사랑! 〈중쇄를 찍자!〉의 편집자 쿠로사와 코코로도 그랬고, 〈심야식당〉의 이름 없는 사장님도 그렇다. 〈집을 파는 여자〉의 산겐야 마치와 〈수수하지만 굉장해! 교열걸 코노 에츠코〉의 교열부 직원 코노 에츠코도 직업에서 삶의 이유를 건져 올리는 인물들이다. 나도 크면 그렇게 될 줄 알았지!

일본 드라마에서 얻은 편견 때문일까. 처음 오사

카에 갔을 때, 거리에서 보이는 일본인들 모두 드라마의 주인공처럼 보였다. 열혈 직업인들이 거리를 쏘다니고 있었다. 신호등이 버젓이 서 있는 작은 건널목에서 굳이 호루라기를 불고 있던 경찰 아저씨의 미소를 기억한다. 오사카의 익선동이라 불리는 나카자키쵸에 가는 길이었다. 그 아저씨를 보며, 인간의 노동력을 대체해 왔을 수많은 발명품을 떠올렸다. 신호등이 없다면 어땠을까. 건널목과 교차로마다 사람이 서서 신호를 해야 했겠지. 아님, 네팔의 어느 사거리처럼 먼저 액셀을 밟는 사람이 승자가 되는 세상이 되었거나.

그렇다면 이 아저씨는 신호등이 있는 안전한 건널목에서 대체 무슨 역할을 하는 것인가. 왜 굳이 길을 건너는 사람들에게 "지나가셔도 됩니다!"라고 큰 소리를 외치며 미소를 지어 주는 걸까. 초록불이 되면 시각장애인을 위해 신호등에서 안내음까지 흘러나오는데. 물론 답을 잘 알고 있다. 더 안전한 '기능'을 넘어, 인간의 '기분'을 좋게 만드는 힘이 그 답이다. 그 미소가 오죽 인상 깊었으면 이런 글까지 쓰겠나. 따뜻하다. 인간이란 참 대단하다는 걸 인정하고 마는 순간이다. AI도 늙은 경찰 아저씨의 미소를 대체할 수는 없겠지. 저 교통경찰 아저씨를 주인공으로 드라마가 만들어지고도 남겠구나. 건널목을 건너며 생각했다.

《콜센터의 말》을 쓴 이예은 작가는 이렇게 말했다. 일본은 섬나라이기 때문에 섬 안에 있는 사람들끼리 각자의 역할에 충실해야 사회가 잘 굴러간다 믿어 왔다고. 그래서 무슨 옷을 입든 사생활이 어떻든 상관하지 않고 각자의 일을 열심히 하는 것을 최고로 여긴다는 거였다. 그런 믿음 아래 수많은 장인 가문이 지금도 사라지지 않고 남아 있다.

나는 지금까지 두 번 퇴사해 봤다. 첫 회사는 광고회사였는데, 싫어서 퇴사한 게 아니었다. 광고회사의 낭만과 고통에 흠뻑 취해 있던 나는 나름 열혈 직업인의 모습을 띠고 있었다. 내가 퇴사를 한다고 했을 때 모두가 의아해할 정도였으니까. 하지만 그 회사는 '열혈 오지윤' 하나 없어져도 잘만 굴러갔다. 사회 시스템은 너무나 견고하고 웅장해서 열혈 개인의 등장과 소멸에 영향을 받지 않는다. 어쩌면 우리는 누구나 열혈 직업인으로 사회에 등장해서 시스템의 그림자 뒤로 사라지는 걸지도. 그게 이 소름 끼치는 자본주의 사회가 가진 유일한 공평함이려나.

일본인들이 일하는 모습을 보고 있으면 귀에 '착착착' 소리가 들리는 것 같다. 호텔 창문 너머로 건너편의 어느 작업장이 얼핏 보였다. 거대한 나무 기둥을 규칙적으로 톱질하는 남자의 뒷모습에서 착착착 소리가 났다.

일본에서 방문한 식당 중 가장 감동적이었던 곳은 교토 후시미 이나리 신사 앞에 있는 '네자메야'였다. 전통복 차림의 아저씨가 장어덮밥을 착착착 만들어 주는 곳. 쇼핑몰에서 먹는 장어덮밥은 밥 위에 여러 가지 야채 고명이 올라가는데, 그 집 장어덮밥에는 장어 두 조각만 툭 얹혀 있다. 반찬도 단무지 하나가 끝이고, 그 흔한 된장국도 나오지 않는다. 그러나 한 입 먹는 순간 수수함의 원천이 자신감이라는 걸 깨닫는다. 고슬고슬한 밥에 바삭한 장어 껍데기. 베어 물면 나오는 촉촉한 장어 살. 이러니 다른 반찬이 필요 없을 수밖에! 착착착 만들어진 장어덮밥에는 오직 본질만이 남아 있었다.

구로사와 아키라 감독은 생전 인터뷰에서 이런 말을 했다. "계속 정상만 본다면 이내 겁먹고 말 거예요. 그저 진득하게 한 걸음씩 움직이는 거죠." 내가 일본에서 들었던 착착착 소리는 아마 아키라 감독이 말한 '한 걸음씩 움직이는' 소리였던 것 같다. 열혈 직업인이란 분주하게 땀 흘리며 뛰어다니는 사람일 수도 있지만 누구보다 조용히 천천히 걸어가는 사람일 수도 있다. 삼십 대 중반에 접어든 나는 이제 나의 속도로 오래오래 일하며 살아갈 준비를 한다. 묵묵히, 기민하게, 착착착.

120 120 120 120 120 120 120
120 120 120 120 120 120
100 100 100 100
茶 茶

岩本町
もっと安く!

효도 여행 입문

타인의 죽음에 대해 지나치게 슬퍼하는 것도 오만이라는 말을 들었다. 누구나 언젠가 세상을 떠나야 한다. 그 사실을 잊은 자만이 죽음에 대해 하염없이 슬퍼한다는 것이다. 늘 무상을 떠올리면 슬플 일이 없다고 했다. 매일 죽음을 생각하면 두려울 것도 없다고 했다.

혼자 독립해서 산 지 5년이 되었다. 부모님 집에서 살 때 우리 가족은 각자의 방에서 핸드폰을 하는 시간이 많았다. 따로 살고 나서야 오히려 서로를 자세히 관찰할 수 있게 됐다. 오랜만에 만났을 때 마침내 알게 되는 것이다. 내가 변하는 동안 그들도 변했다는 것을. 걸음걸이가 저렇구나. 웃을 때는 저렇지. 꽃을 볼 때는 저런 표정이네. 아빠는 파킨슨과 저렇게 지내고 있구나.

4월에는 꼭 부모님에게 일본의 벚꽃을 보여 주고 싶었다. 몇 해 전 갑상선암 치료 중이던 언니와 단둘이 도쿄 여행을 갔었다. 벚꽃이 만개한 4월이었다. 나와 같은 유전자를 공유한 사람과 낯선 거리를 걸어 다니는 일이 이렇게나 행복한 것이었다니. 다음엔 효도 여행에 도전해 보자, 마음먹었다. 다짜고짜 비행기표를 예매해 뒀더니 정말 여행길에 오르게 됐다.

바쁘게 돌아다니다가 숙소에 와서 핸드폰만 보는 여행은 최대한 피하고 싶었다. 고민 끝에 두 가지 프로그램을 준비했다. 하나는 필름 카메라로 사진 찍기. 필름 카메라 2개를 준비해서 네임펜으로 카메라 하나에는 '정희', 다른 하나에는 '세규'라고 적었다. 그러곤 소풍 가는 자식의 준비물을 챙기는 마음으로 엄마 아빠의 가방에 하나씩 넣어 주었다. "하루에 10장 정도 찍는 거야. 각자의 관점을 담아 보는 거야. 알겠지?"라고 말해 주었다. 그랬더니 "하루에 10장 하루에 10장" 내가 한 말을 되풀이하면서 엄마가 숙제를 익혔다. 오래전에 참 착한 딸이었겠구나, 정희야.

두 번째 프로그램은 사생대회. 캐리어에 스케치북을 넣으며 생각했다. 그들이 내가 바라는 대로 해줄까. 괜한 짓을 하는 건가. 료칸의 다다미방에 앉아 저녁 식사를 기다리며 나는 스케치북을 꺼냈다. 그리고 아빠에게 펜을 쥐여 주며 나와 엄마를 그려 달라고 했다. 아빠는 신나는 표정으로 망설임 없이 그림을 그려 나갔다. 인상을 쓰며 "이런 걸 왜 해?"라고 말하는 아빠의 얼굴을 상상했었다. 나는 이렇게나 아빠를 모른다.

"움직이지 말고 나를 봐야지." 그는 잔소리까지 하며 열정을 다해 그림을 그렸다. 오히려 내가 어색해서 고개를 들지 못했다. 아빠는 나를 다 그리고 나서 엄마를 그리기 시작했는데, 정말이지 쉬지 않고 낄낄거렸다. "저렇게 좋아하니 내가 같이 살아 줘야지." 엄마는 낄낄거리는 아빠를 보며 말했다. 이런 대화가 오갈 줄 전혀 예상 못했던 나는 그 어느 예능 PD보다 뿌듯한 마음이 들었다. 아빠가 그림을 공개했을 때 엄마와 나는 소리를 질렀다. 정말 잘 그렸잖아. 아빠에게 이런 재능이 있는 줄은 아빠의 부모님도 아빠의 아내도 아빠의 딸들도 몰랐다.

어릴 적에 할아버지에게 그림을 하나 그려 달라고 했었다. 할아버지는 괴물 같은 무언가를 그려 줬다. 소년이라고 했다. 머리털은 세 가닥 나고, 귀는 부처님 귀처럼 어깨에 닿았으며, 눈동자는 없었다. 그것도 신문지 귀퉁이에 그린 그림이었다. 고작 열한 살이었던 나는 그 신문지를 오려서 책상에 붙여 놨다. 할아버지가 돌아가시면 할아버지의 목소리와 할아버지의 그림을 기억하겠다고 다짐했었다. 왠지 모르겠지만 누군가의 목소리와 그림을 기억하면 영원히 함께 있는 거라 믿었다. 어린 나이에도 나는 가족의 죽음이 두려웠다.

아빠의 그림을 스케치북 사이에 가지런히 끼워 한국으로 가져왔다. 쭈글쭈글해진 그림을 액자에 끼웠다.

멈춰 달라고 구걸해도 멈추지 않는 기차에 탄 것처럼 우리는 거침없이 늙어 간다. 함께 늙어 가니 다행일까?

부모님과 섞여 보내는 하루가 특별하면 특별할수록 무상을 떠올리게 된다. 그들의 부재를 염두에 두며 여행에 임했다. 얼마나 불경한 자식인가. 불경하지만 애틋하니 괜찮을까?

닌나지라는 벚꽃 명소에 갔다. 계획에는 없던 장소였다. 호텔 지하에 있는 목욕탕에서, 엄마가 모르는 사람들에게서 얻어 낸 고급 정보였다. 엄마가 낯선 사람들에게 말을 걸 때마다 괜히 부끄러워했던 시절이 있다. 그런데 그런 엄마 덕분에 이미 벚꽃이 다 진 교토에서 유일하게 벚꽃이 남아 있는 장소를 알게 된 것이다. "수렵 사회에 태어났으면 엄마는 부족의 대장이 되었을 거야. 과일이 많은 곳에 대해 알아내려면 낯선 사람들에게 물어보는 방법밖에 없었대. 그때는 외향성이 최고의 능력이었대." 딸의 칭찬에 엄마의 기분이 부쩍 좋아졌다.

닌나지는 아름다웠다. 지금까지 본 적 없는 새로운 차원의 아름다움. 우리는 핸드폰을 들고 악착같이 사진을 찍으며 한 바퀴를 돌았다. 엄마 아빠에게 핸드폰을 주머니에 넣고 한 바퀴만 더 걷자고 제안했다. 아무리 카메라를 꺼내고 싶어도 참고 눈앞에 있는 것에 집중하자고. 그들은 어린아이처럼 핸드폰을 손에 꼭 쥐고 또 한 번 숙제를 수행했다. 착한 정희, 착한 세규.

벚꽃은 끝도 아름답다. 떨어지는 잎도, 바닥에 처박혀 버린 잎들도 아름답다.

비주류의 즐거움

이예은 작가는 브런치북 대상 동기다. 동기라는 말이 어색하지만 달리 붙일 말이 없다. 우리는 서로의 책을 읽었지만 실제로 만난 적은 없었다. 그는 일본에 산다.

우리는 적어도 인친(인스타그램 친구)이었다. 20년 전 보아는 데뷔곡 〈ID; Peace B〉에서 가상현실 속에 의미 없는 상자 속에 갇혀서 살아가지 말라고 했다. 그치만 이번 여름, 현실 세계에서 만나자마자 마치 오래 알아 온 친구처럼 속 깊은 이야기를 나눈 것을 보면 가상현실에서의 관계도 분명 의미 있던 걸로 보인다.

예은은 나와 동갑이다. 그러나 가상현실 속 그의 사진만 봐도 알 수 있었다. 그는 나보다 훨씬 어른스러운 사람. 티셔츠보다는 셔츠가 어울리는 어른. 줄임말을 쓰지 않는 어른. 문장에 꼭 마침표를 찍는 어른. 알게 된 지 1년 만에 처음으로 도쿄에서 예은을 3D로 마주했다. 낮고 반듯한 목소리와 반듯한 표정 반듯한 검은 머리. 예의와 상냥한 웃음이 온몸에 배어 있는 그가 현실로 나타났다.

예은은 어릴 때부터 이 나라 저 나라에서 살아왔다고 했다. 우즈베키스탄에서, 독일에서, 홍콩에서, 싱가포르에서. 한국에서도 직장 생활에 도전해 봤지만 좀처럼 적응하지 못했다고 한다. 그 이유가 뜻밖이었다.

–저는 비주류로 사는 게 익숙했던 것 같아요. 그래서 한국에서 갑자기 주류로 살게 되니까 좀 버겁더라고요. 주류로 살기 위해 한국 사회에서 요구하는 게 너무 많다고 느꼈어요.

여기서 말하는 주류가 대단한 건 아니었다. 한국에서 한국인으로 사는 것이 그가 말하는 주류의 삶이었다. 타지에서 제3의 구성원으로 살아온 그는 꼭 완벽한 삶에 도달하지 못해도 평가받을 일이 없었다고 했다. 그런데 한국에서는 계속 평가받고 비교당해야 했으니 한국에서 한국인으로 사는 기준이 너무 높게 여겨진 것이다.

–결국에는 일본으로 왔고, 다시 비주류로 살아가게 되니 마음이 너무 편해요.

한국인이 유독 해외 여행에 열망하는 것도 비슷한 이유겠지. 취업 준비생이던 스물다섯 살의 나를 돌아볼 때, 입시생이었던 열아홉 살의 나를 돌아볼 때 안쓰러운 마음이 드는 것도 같은 이유겠지. 예은은 한국 사회에서도 이방인이지만, 이방인이 말해 주는 진실을 부정할 순 없다.

우리는 긴자에 있는 술집 bar cacoi에 갔다. 일요일 밤 10시였다. 우리 말고는 아무도 없는 작은 바. 그는 나를 위해 월요일에 휴가를 냈고, 우리는 말이 꽤 통했다. 나는 안자이 미즈마루와 무라카미 하루키에 대해 이야기했다.

—무라카미 하루키랑 안자이 미즈마루는 서른에 처음 만났대요. 그런데 평생 친구가 되었대요. 그 이야기를 읽었을 때는 이십 대였어요. 그때부터 삼십 대가 조금은 기대되었어요. 친구라는 게 어릴 때 친구만 평생 간다고 생각했는데 계속 새롭게 생기고 사라지는 거구나. 삼십 대에도 평생 갈 인연들이 새롭게 나타나는 거구나.

그것은 예은에 대한 고백 같은 말이었다. 나의 안자이 미즈마루가 되어 다오,까지는 아니더라도 당신도 내가 평생에 걸쳐 맞이할 좋은 인연 같구려, 정도는 되었다.

그는 구상 중인 웹소설과 마감 중인 에세이에 대해 이야기해 주었다. 책과 글에 대해 말하는 그의 얼굴이 오랫동안 글만 써 온 사람처럼 평온해 보였다. 그의 말하기는 반듯함을 넘어 단호한 데가 있었다. 무언가를 좋아한다고 말할 때도, 그만큼 좋아하지는 않는다고 부정할 때도 문장의 맺음이 확실하지 않은 것이 없었다. 많은 문장에서 "저는 제가 행복한 게 제일 먼저예요"라고 반복해서 말했다.

—멋지네요.

나도 같은 대답을 반복했다.

—마감을 해야 되는데 글이 안 써지면 반신욕을

해요.

—반신욕이라니, 멋지네요.

군더더기 없는 삶. 삶의 모든 요소가 한 가지 목표를 위해 기능하는 삶. 나에게 반신욕 같은 것은 무엇일까. 요즘따라 내 전두엽은 너덜너덜해져서 목표를 향해 멀리 돌아가는 방식에 더 익숙해져 있다. 한국에서 주류로 살아가는 나는 예은의 비주류 삶과 어떻게 다를까.

예은은 내가 묵는 호텔에서 함께 묵었다. 와인 한 병과 청포도 한 송이를 편의점에서 사 온 그는 글을 쓰는 내 옆에서 묵묵히 술을 마셨다. 한 병을 다 비울 때까지 그는 뿔테 안경을 끼고 핸드폰으로 만화를 정독했다. 우리는 두 시간가량을 호텔에서 준 같은 잠옷을 입고 맨 얼굴로 침묵했다. 종종 말을 섞을 때는 존댓말을 썼다. 누구 하나 "우리 동갑인데 말 놓을까요?"라고 묻지 않아서 좋았다. 하나도 어색하지 않은 현실이었다.

너무 뜨겁지도 너무 차갑지도 않은

예은이 자주 가는 카페 Glitch에 함께 갔다. 나는 차가운 라테를 시켰고 그는 따뜻한 아메리카노를 시켰다. 일상에서는 내가 어제 어떤 커피를 마셨는지 기억하기도 어려운데 여행지에서 고른 것은 하나하나 기억에 남는다.

—이렇게까지 음미하면서 커피 마시는 거 정말 오랜만 같아요.

—좋아하시니 다행이에요.

누군가가 추천해 주는 공간에 같이 가는 것은 참 영광스러운 일이다. 상대방이 은근한 긴장감을 가지고 있다는 것을 겪어 봐서 알고 있다. 내가 좋아하는 곳을 함께 좋아해 줄까? 하는 긴장감.

일상에서는 한 가지 행동만을 오롯이 하는 경우가 드물다는 것을 여행할 때 깨닫는다. 오롯이 밥만 먹거나 커피를 마시거나 걷기만 하는 일이 거의 없다. 일을 하면서 커피를 마시고, 핸드폰을 보면서 밥을 먹고, 음악을 들으며 걷는다. 우리는 멀티 인류. 한 가지만 하는 것이 어색할 지경이다.

참으로 오랜만에 커피 마시는 일만 했다. 이런 걸 자유라고 하는 걸까. 한 가지에 몰두할 수 있다면, 자유다. 카페에서 두 시간을 앉아 있었고, 결국 음료를 한 잔씩 더 마셨다. 두 번째 라운드에 예은은 차가운 라테를 시켰고 나는 따뜻한 아메리카노를 시켰다. 서로 커피 메뉴를 번갈아 먹는 것조차 신기해하며 사진으로 남겼다. 하나하나 의미를 부여하게 된다면 그 시간을 특별하게 여기고 있다는 뜻이다.

—우리가 5년 안에는 또 만날 수 있을까요?

—아마 그렇겠죠?

—예은 작가님은 이별에 대해 별로 두려움이 없을 것 같아요.

우리는 이별에 대해 이야기했다. 그는 2~3년 주기로 나라와 도시를 옮겨 다니며 살아온 탓에 이별에 대한 두려움이 적다고 했다. 부러웠다. 나는 이별에 늘 예민하다. 미리 허무해하고 미리 애도하며 스스로 예방 주사를 몇 번 놓아도 힘이 든다.

—저는 한집에 30년 넘게 살았어요. 한 번도 이사 가지 않고요.

—그런 점도 이별을 두려워하는 데 영향을 미쳤겠어요. 저랑은 정반대네요.

내가 30년 넘게 한집에 사는 동안 많은 사람이 우리 동네를 떠났다. 사람을 떠나보내는 것이 지겨워서 나도 독립을 했다. 예은은 반대였다. 만나는 모든 이웃과 2년마다 헤어졌을 테다. 그리고 그렇게 헤어진 인연 중에서도 남을 사람은 남는다는 걸 어릴 때부터 경험했을 테니 두려울 것도 없을 거였다.

—저는 저를 힘들게 하는 인연은 단호하게 끊어내요. 어릴 때부터 그랬어요. 돌이켜 보면 그래서 놓

친 것도 많은 것 같아요. 사십 대에는 더 너그러운 사람이 되고 싶어요.

힘들게 하는 인연은 단호하게 끊어 낸다. 나는 삼십 대가 되어서야 터득한 스킬이었다. 가만히 커피를 마시는 그가 냉정하기보다는 우아해 보였다.

—이 카페가 예은 작가님이 가장 좋아하는 카페인 거죠?

—네. 여기 커피는 너무 뜨겁지도 너무 차갑지도 않아서 좋아요.

그러고 보니 아이스 커피에 얼음이 딱 하나 들어 있었다. 시원했지만 차갑지는 않았다. 뜨거운 커피 역시 바로 마실 수 있는 정도의 온도였다. 스무 살에 왔던 도쿄는 요시모토 바나나의 소설처럼 자극적이었다. 좋아하던 아이돌이 도처에서 내게 윙크를 날렸고, 탈색 머리에 시폰 원피스를 입은 하라주쿠 소녀들의 구부정한 자세는 한 번도 꿔 보지 못한 새로운 꿈이었다. 유난히 낮은 음으로 말하는 남자들의 일본어와 유난히 높은 음으로 말하는 여자들의 일본어는 한쪽 면에만 초콜릿을 묻힌 감자칩 같았다.

삼십 대의 도쿄는 얼음 하나 동동 띄운 선선한 커피처럼 치우침이 없었다. 우리는 우에노 공원의 연꽃 호수를 한 바퀴 걷고 헤어졌다. 바람이 많이 부는 도쿄는 그늘로 들어가면 금방 선선해져서 산책하기 좋았다.

5년이 얼마나 빨리 지나가는 시간인지 알고 있다. 이 단호한 사람은 인연을 소홀히 하는 사람이 아닐 거라는 단호한 믿음이 나에게도 있다. 이별이 두렵지 않다. 선선한 걸음으로 도쿄를 떠날 수 있다.

춤추기

다딩베시, 카트만두, 히말라야, 포카라, 치트완

Do you really love me?

—남을 위해 나를 온전히 수단화해 보고 싶었어.

—나도 누군가를 위해 납작 엎드리고 싶다는 생각을 했어.

네팔에 온 첫날, 동료와 이런 대화를 했다. 난해한 문장들이 오갔지만 우리는 서로의 뜻을 어렴풋이 이해했다.

교환학생으로 유럽에 다녀온 직후였다. 당시 유행했던 'YOLO'에 취해 자유롭다 못해 거만해졌던 나는 한국이라는 사회가 참 싫었다. 자유롭게 살아가는 유럽 친구들과 달리 나에겐 취준생, 직장인, 결혼, 육아로 이어지는 융통성 없는 미션들만 남아 있다고 믿었다. 그런데 갑작스레 초등학교 친구가 교통사고로 세상을 떠나 버렸다. 한 치 앞도 알 수 없는 인생을 다 아는 척하던 스물다섯 살의 머릿속에 과격한 울림이 일었다.

공황장애가 생겼다. 과호흡으로 몇 차례 응급실에 다니던 중 '네팔에 갈 한국어 선생님을 구합니다'라는 글을 보게 됐다. 어느 스님이 올린 글이었다. 모태 기독교 신자인 엄마에게 일곱 장 분량의 리포트를 써서 보여 주었다. 〈내가 네팔에 가야 하는 이유〉라는 제목의 리포트였다. 언제 죽을지 모를 삶에서 한 번쯤은 남을 위해 살아 봐야 할 것 같았다. 거만하게 부유하는 내 정신머리를 끄집어 내려오고 싶었다.

그렇게 한국어 교재를 잔뜩 싸 들고 네팔로 떠났다. 우리가 지낼 고아원은 다딩베시라는 도시의 중심지로부터 40분 정도 떨어진 산속에 있었다. 그곳에서 나는 한 달 동안 먹고 자며 한국어 선생님으로 일하기로 했고, 동네에 사는 청년들이 고아원으로 와서 한국어 강의를 듣기로 했다. 모두 한국에서 일하는 데 관심 있는 청년들이었다.

우리는 빈 교실에 작은 침대들을 넣어 잠을 잤다. 수업이 없을 때는 고아원 아이들과 놀며 시간을 보냈다. 고아원 아이들을 '초라', '초리'라고 불렀는데, 네팔어로 아들, 딸이라는 뜻이다. 정이란 게 붙는 데 하루면 충분했다. 단 며칠 만에 고아원 아이들부터 동네 아이들까지 우리의 아들딸이 되어 갔다. 사랑한다는 말도 서슴지 않았다. 아이들에게 사랑을 주는 것이 그곳에 간 목적이라고 생각했다. 착하고 귀여운 아이들이라 사랑한다는 말을 꺼내는 게 어렵지 않았다. 팬들에게 수시로 사랑 고백을 하는 아이돌처럼 툭하면 사랑한다고 속삭였다.

아이들 이름을 선명히 외워 가던 어느 날, 마당에서 아이들과 실뜨기를 하고 있는데 소란한 가운데 한 아이가 내 옷자락을 붙잡았다. 제법 강한 힘이 느껴져 실뜨기를 멈추고 아이를 바라봤다. 아이는 무표정으로 나를 빤히 올려다보다가 어눌한 영어로 물었다.

—Do you really love us?

당황스러웠다. 짧은 순간 몇 가지 질문이 스쳐 지나갔다. 왜 이런 물음을 가졌을까. 우리의 진심을 의심하는 걸까. 이 아이들은 어디까지 알고 어디까지 생각하고 있을까. 여러 생각들로 마음이 산만해졌다. 그럼에도 아이의 머리를 감싸며 해맑은 표정으로 재빨리 대답했다.

—Yes, Of course. We do.

당연했다. 사랑은 이 여정의 숙제요, 그것을 충실히 이행해야 했다. 아이는 잠시 생각에 잠기더니 뜻밖의 대답을 꺼냈다.

—Thank you.

한마디를 남기고 아이는 수줍게 도망쳤다. 수많은 봉사자에게 들어 왔을 '사랑해'라는 말풍선이 아이의 발걸음 뒤로 줄줄이 딸려 갔다. 문득 부끄러워졌다. 아이는 말하기도 조심스러워하는 사랑에 나는 너무 자신만만했다.

"어떤 대상을 몹시 아끼고 귀중하게 생각하는 마음." 사랑이란 단어는 국어사전에서 이렇게 정의된다. 사랑이 부족한 시대는 역설적으로 사랑의 범람을 일으킨다. 아끼지 않는 마음, 귀중하게 생각하지 않는 마음을 위장하기 위해 사람들은 어느 때보다 최선을 다해 사랑한다고 말하는지도 모른다. 타인의 마음을 쉽게 얻기 위해 얼마 없는 영혼까지 끄집어내 말하는지도 모른다. 어쩌면 나도 그랬을까. 한국과 네팔 간의 긴 거리, 다른 생김새, 어색한 분위기를 누그러뜨리기 위해서 사랑한다는 말을 쉽게 꺼낸 건 아닐까. 스스로 의문이 들었다.

아이의 대답은 그 사랑이 진심이든 아니든 그렇게 말해 줘서 고맙다는 뜻이었다. 그것만으로도 고맙다는 거였다. 매일 밥을 먹어야 성장할 수 있듯 아이들에겐 매일매일의 사랑이 필요하다. 내가 건넨 "사랑해" 한마디가, 굶주린 점심시간에 때마침 먹을 수 있게 된 밥 한 그릇 같은 거였을까. 부유하던 나의 정신머리가 아이들 앞에 납작하게 내려앉았다. 아이의 배부른 하루를 위해 내가 온전한 수단이 될 수 있다면. 멀미가 났다.

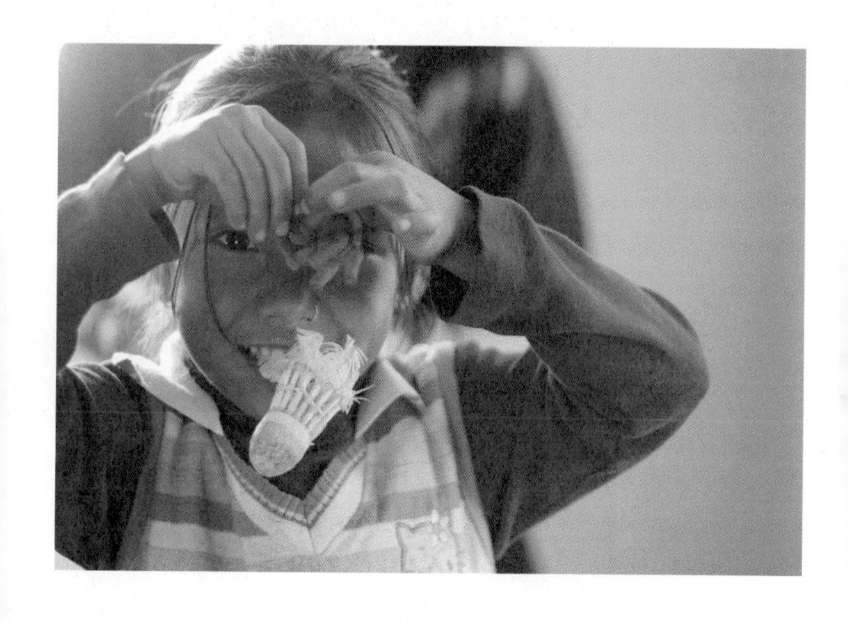

나는 살인자가 될 수도 있었다

학생들의 받아쓰기 점수가 오르기 시작했다. 자음과 모음에 대해 더 이상 반복적으로 설명하지 않아도 되는 시점에 이르렀다. 의외로 낙오자는 드물었다. 첫날 한글 교실에 나왔던 학생들은 대부분 계속해서 출석했고, 소문을 듣고 중간에 찾아오는 학생도 있었다.

한국어를 잘하게 되어도 한국에 갈 돈이 없다던 나브라즈도 묵묵히 같은 자리에 앉아 수업을 들었다. 그 무렵 학생들의 눈빛을 떠올리면 아직도 가슴이 두근거린다. 그 눈빛의 정체란 욕심이었다. 학생들 마음에 어쩌면 정말 한국으로 갈 수 있을 거라는 욕심이 생기고 있었다. 그 눈빛을 보고 있자니 덩달아 의욕이 솟았다. 수업 중에 소란을 피우는 학생에게 소리도 지르게 되었고 때때로 모진 말도 했다. 나의 레퍼토리는 한 가지였다.

—한국어 왜 공부해? 한국 가서 돈 벌어야 하잖아 우리. 다들 절박해서 이 자리에 온 거 아니었어? 지금 이 수업이 얼마나 소중한지 모르겠어?

한국말로 하면 더 모질게 느껴졌을 말뜻이 영어라는 외국어를 거친 덕분에 조금은 순화되었다. 고개를 끄덕끄덕하는 친구들도 있었는데 선생님의 비위를 맞추려고 그랬는지 진짜로 공감했던 건지는 모르겠다. 사실 그들 중에 한국어 시험을 통과할 정도의 실력을 갖춘 친구는 단 한 명도 없었다. 하지만 계속

해서 희망을 주입했다. 작고 연약한 풍선이라도 바람을 넣고 또 넣으면 언젠간 하늘 위로 떠오르겠지. 새의 부리에 쪼일 위기를 넘고, 천둥 번개도 피해 가다 보면, 아주아주 천천히 국경을 넘을 수도 있겠지. 그런 욕심이었다.

수업이 얼마 남지 않았을 때부터 우리는 무의식적으로 이별을 준비했다. 점심시간이 되면 아이들은 각자 집에 다녀오거나 축구를 했지만, 막바지가 되자 모두 마당에 모여 이야기를 나눴다. 그날은 내가 모진 말 레퍼토리를 퍼부은 후였다. 가라앉은 분위기를 띄운답시고 한국의 매운 음식으로 화제를 돌렸다. 마당의 공기가 점차 가벼워졌고 아이들의 목소리도 커져 갔다. 그런데 순식간에 다시 정적이 흘렀다. 우등생 레건이 던진 질문 때문이었다.

—What kind of job are we going to have in Korea?(한국에 가면 우린 어떤 일을 하게 돼요?)

침묵을 깨야 했다. 침묵을 깨야 했는데, 아무도 아무런 대답도 하지 못했다. 우리가 입만 빼끔거리는 사이 레건이 스스로 답을 했다.

—We will do 3D job, right?(3D 업종을 하게 되겠죠?)

어떡하지. 고등학교 2학년 때 주임 선생님이 떠올랐다. 학생들에게 “너가 어떻게 하느냐에 달렸어”라는 말을 자주 하던 선생님이었다. 감기가 걸려 담요를 뒤집어쓰고 돌아다니는 나를 불러 세워서 “감기는 중요한 게 아니야, 너가 어떻게 하느냐에 달렸어. 정신력으로 이겨 내면 돼”라고 말을 했던 선생님이었다. 학생들이 어떤 난처한 상황에 처해 있든 결국엔 “너에게 달렸어”가 답이었다. 지금 생각해 보면 이렇게 무책임한 말도 없다. 감기든 대한민국 교육의 구조적 문제이든 해답은 너의 노력과 정신력이라니. 본질을 직면하기 귀찮은 자의 임기응변이자 당사자에게 모든 책임을 전가하는 무신경한 한마디다. 입으로는 답을 하고 있지만 마음으로는 그 상황으로부터 멀리멀리 고개를 돌려 버리는 위선적인 대답.

—그건 너희가 어떻게 하느냐에 달렸어.

근데 그 말이 내 입에서 나왔다. 그것도 이런 상황에. 부모님을 싫어하면서 자란 아이가 커서 결국 그 부모님을 닮아 간다는 말이 있다. 내내 혐오하던 한마디를 그대로 따라 내뱉고 말았다. 그것도 다분히 의도적으로. 임기응변과 책임회피라는 명료한 목적을 두고. 뒤이어 나는 한국어를 정말 잘 하게 되면 선택할 수 있는 직업이 다양해질 수 있다며 말을 얼버무렸다.

그날 밤 잠이 오지 않았다. 언제 끝날지 모를 인생, 남을 위해 살아 보자는 결심을 하고 떠나온 곳에서 내가 하는 일이란 게 고작 아이들을 3D 업종의 세계로 이끄는 일이란 말인가. 뻔뻔하게 한국으로 오라고, 장밋빛 미래만 있을 것처럼 호통치고 설득하며 희망을 주입했나. 내가 이들을 돕고 있다는 생각으로 자위하며 만족하고 있던 건 아닐까.

며칠 후 환상적인 유성이 내렸다. 마당에 서서 하늘을 올려다봤다. 그날만큼은 가족과 나를 위한 기도를 할 틈이 없었다. "우리 학생들이 세상 어디에 가더라도 당당하게 살아가게 해 주세요." 끝에 선생이라고 학생들을 위한 기도가 절로 나왔다. 한국에 와서 일할 수 있게 해 달라는 기도는 차마 할 수가 없었다. 네팔인이라는 이유로 상처 주는 나쁜 놈들을 만나서는 안 돼. 쏟아지는 유성과 네팔을 지키는 신들을 향해 울면서 빌었다.

그로부터 몇 년 뒤 늦은 봄날, 대한민국에서는 젊은 네팔인이 사망했다. 청소 기계가 고장 났다는 이유로 사장은 마스크 한 장 쥐여 주지 않고 노동자들을 분뇨 처리 시설 밑으로 내려보냈다. 일반 작업장 적정 수치를 훌쩍 넘긴 황화수소에 무방비로 노출된 그들은 그대로 질식사했다.

그로부터 두 달 후 녹음이 푸르른 7월, 또 한 명의 네팔인이 공장 기숙사에서 자살했다는 뉴스가 들려왔다. "여러분. 나는 오늘 세상과 작별합니다. 회사에서 스트레스를 받았습니다. 다른 공장에 가고 싶어도 안 됐습니다. 고향에 가서 치료를 받고 싶어도 안 됐습니다. 제 계좌에 320만 원이 있습니다. 제 아내와 여동생에게 보내 주시기 바랍니다." 한 서린 유서 한 장만 남았다.

그제야 명확해졌다. 나는 어쩌면 살인자가 될 수도 있었다. 대한민국에서 허망하게 죽음을 맞이한 그 젊은이들도 이미 알고 있었을 것이다. 똥통에 빠져 죽을 수도, 스스로를 죽일 수도 있을 만큼 대한민국에서의 노동은 힘들 거란 것을. 레건이 자문자답한 것처럼 그들은 이미 알고 있었을 것이다. 그럼에도 희망을 품고 이 나라에 왔다. 그리고 또 다른 젊은이들이 오늘도 의욕 넘치는 눈빛으로 한국어를 배우고 있겠지.

나의 수업을 들은 학생들은 결국 단 한 명도 한국에 오지 못했다.

나는 그것을 참으로 다행이라 생각한다.

나의 이름은

할머니에게는 '아가'라는 이름의 친구분이 계셨다. 그것이 별명인지 아닌지 헷갈려서 엄마에게 여쭤본 적도 있는데, 옛날에는 아가라는 이름이 많았다고 했다. 할머니는 알츠하이머 증세로 밤에 자주 깨어났다. 하루는 "아가야!" 하고 친구의 이름을 부르면서 현관문으로 걸어오셨다. 가느다랗게 떨리는 목소리가 따뜻하고 슬펐다. 그렇게 계속 친구의 이름을 부르시던 할머니. 그 순간 내가 할머니의 이름을 불러 줬다면 어땠을까. 아주 오랫동안 할머니, 어머니로 불려서 먼지가 쌓인 이름. 그 이름을 내가 불러 줬다면 어땠을까.

이름이 불린다는 건 마음 벅찬 일이라는 걸 네팔에서 배웠다. 내게는 두 개의 네팔 이름이 있었다. 하나는 고아원 아이들이 지어 준 '바르바띠'(힌두교의 최고신 시바의 부인 이름)이고, 다른 하나는 한국어 교실 학생들이 지어 준 '풀마야'라는 이름이다. '풀'은 꽃이고 '마야'는 사랑이라는 뜻이다. 누군가로부터 새로운 이름을 부여받는 일은 경이로웠다. 존재를 환영받고 인정받는 일이라 그렇다.

풀마야는 네팔에서 꽤나 흔하지만 예쁜 이름에 속했다. 가네스, 바르바띠처럼 신의 이름을 따온 거창한 것들과 달리 소박하고 시장 길 냄새가 나는 이름. 우리 동네에 이국적이고 재밌는 선생님이 왔어! 친해지고 싶어! 하는 말들이 차곡차곡 접혀 풀마야라는 짧은 이름에 숨겨져 있다. 그래서 내 이름이 좋았다.

평생 부를 낯선 이름들을 네팔에서 다 불러 본 것 같다. 내가 가르치는 학생만 40명인 데다 네팔어 이름이 생소해서 혼란스러웠다. 이름을 외우는 노하우가 없었던 나는 일주일에 걸쳐 폴라로이드로 한 명 한 명 사진을 찍어서 이름을 적고 벽에 붙여 두었다. 레건, 럭쓰미처럼 'ㄹ'로 시작하는 이름과 크리슈나, 크리스티나하리처럼 'ㅋ'으로 시작하는 이름끼리 그룹을 만드는 식으로 구분했다. 한글이라는 게 있는지조차 모르는 네팔 학생들은 자음과 모음에 대한 첫 수업이 끝나자 우르르 몰려와 말했다. "당연히 알파벳으로 쓰는 줄 알았어요!" 덕분에 벽에 붙은 '이름 포스터'는 두고두고 도움이 되었다. 자신의 이름을 한글로 써 보는 것이 한국어 수업의 시작이었으니까.

우리도 학생들에게 한국어 이름을 지어 주기로 했다. 첫 번째 학생은 레건. 레건은 영어를 참 잘하는 친구였다. 질문도 가장 많은 모범생. 반듯하고 예의 바른 레건에게 지어 준 한글 이름은 '민호'였다. 우리 세대에게 민호는 스마트하고 부잣집에 사는 반장을 연상케 하는 이름이다. 럭쓰미라는 학생은 특유의 명랑함과 능청스러움으로 분위기를 주도하는 친구였다. 럭쓰미는 한국어를 배우는 것보다 나에게 네팔어를 가르쳐 주는 데 관심이 더 많았다. 네팔어는 마지막으로 긋는 선이 마침표 역할을 한다는 것도 럭쓰미가 가르쳐 준 것이었다. 그런 럭쓰미에게는 '바다'라는 이름을 지어 줬다. 큰 눈과 동그란 얼굴, 시원시원한 성격에 잘 어울렸다. 네팔에서는 볼 수 없는 푸른 바다를 이름에서라도 떠올리면 좋겠다고 생각했다.

영어에 'In your element'라는 표현이 있다. 사전에 검색하면 '물 만난 물고기 같다'라고 번역된다. 너에게 딱 맞는 환경에 있다는 의미다. 네팔에서 찍은 사진을 SNS에 올리면 외국인 친구들이 You are in your element라고 댓글을 달았다. 정말 그랬다. 영화 〈센과 치히로의 행방불명〉처럼 나의 본명은 희미해지고 네팔 이름이 선명해지고 있었다. 네팔과 한국 사이 어디쯤에서 세상에 없는 새로운 영역을 만든 우리는 그 안에서 서로의 이름을 불러 주며 아름다운 꽃을 피워 내고 있었다.

시간이 흘러 마지막 수업 날. 수업을 시작하자마자 여학생들이 눈물을 후드득 떨궜다. 헤어지며 흘리는 눈물은 우리의 관계가 꽤나 뜨거웠다는 증거였다. 그래서 울지 말라고 말하지 않았다. 뜨겁게 배우고 뜨겁게 서로를 알아 갔으니 울어도 좋았다. 울 자격이 있었다. 운다는 것은 얼마나 귀한 일인가. 서로를 아꼈기에 울 수 있으니 우리는 얼마나 행복한가.

럭쓰미는 건물 뒤로 나를 부르더니 아무 말도 없이 한참을 울었다. 그러다 애써 감정을 누르며 나에게 한마디를 던졌다. 그 말을 나는 영원히 잊을 수 없을 것이다. 여기 오길 정말 잘했구나. 아무런 가치도 없는 인간이라고 스스로를 비하하던 지난 계절의 내가 완전히 해체되고 새로운 내가 뭉게뭉게 피어났던 인생의 명장면.

–Paulmaya is the best teacher ever. I mean not only past, in my whole life.(풀마야는 최고의 선생님입니다. 지금까지가 아니라, 내 인생 통틀어서요.)

'지금까지'는 열린 결말의 표현이다. 지금까지는 네가 최고지만 언제든 바뀔 수 있다는 뜻이다. 그래서 럭쓰미는 굳이 한마디를 덧붙였다. 마음의 뜻을 섬세하고 명확하게 전달하고 싶었던 거다. 내 삶에서 누군가에게 이렇게 완벽한 감사의 말을 들어 볼 일이 또 있을까. 처음이자 마지막일 것이다. 네팔어 억양이 그대로 묻어나는 럭쓰미의 서투른 영어가 귓가에 생생하게 들린다.

이별 파티에서 우리는 네팔 민요 〈Resam Phiriri〉를 크게 틀어 놓고 오래도록 춤을 췄다. 네팔의 〈아리랑〉이라고 할 수 있는 민요. 내가 유일하게 외워서

부를 수 있는 노래다. 이렇게 슬픈 뜻인지도 모르고, 참 자주도 불렀다.

목면화가 피었네
너는 언제 피는 꽃이니?
낙화의 모습이 마치 흰 새가 날갯짓하는 것 같구나
백색의 새가 계속 날고 있네
너는 매우 피곤할 것 같아
잠시 날갯짓을 멈추고 쉬고 싶진 않아?
아니면 계속 아주 멀고 먼 곳으로 계속 날아가고
싶은 거야?

힌두교를 아십니까

가족들 모두 기독교인인데 나만 종교가 없는 까닭에는 네팔의 영향이 있다. 엄마를 따라간 교회에서 설교를 듣는데, 그날따라 목사님이 힌두교 이야기를 꺼냈다. 목사님이 "네팔에는 신이 몇천 개가 있다고 합니다"라고 말하자 교인들은 웃음을 터뜨렸다. 교회 안에서는 유일신이 너무나 당연한 것이다. 그렇지만 내 머릿속에는 네팔의 얼굴들이 떠올랐다. 힌두교 신들의 기묘한 자태와 미소가 떠올랐다. 나의 이마에 붉은 티카를 발라 주던 늙은 승려의 손이 떠올랐다. 웃을 수가 없었다. 이번 생에 한 가지 종교를 갖는 것은 어려운 일이겠구나. 그런 예감이 들었다.

이 글은 나의 힌두교 여행에 대한 이야기다. 동시에 '크리스티나하리'라는 어려운 이름을 가진 한국어 수업 우등생에 대한 이야기이기도 하다. 영어도 잘하고 친절하며 유머 감각까지 갖춘 그가 우리와 함께 카트만두 여행을 가 주기로 했다. 그는 웃긴 사람이었다. 다른 네팔 학생들과 다르게 네팔 문화와 종교에 대한 자부심이 있으면서도 동시에 자조적인 말을 하는 사람이었다. "사원들 다 똑같이 생겼는걸, 볼 필요도 없어"라고 말하면서도 그 사원의 위대한 역사를 줄줄이 읊어 준다든가.

크리스티나하리는 여행 내내 힌두교에 대한 재밌는 이야기들을 들려줬다. 네팔에 가 보지 않았더라도 코끼리 머리를 하고 있는 힌두교 신의 그림을 본 적이 있을 것이다. 그 신의 이름은 '가네시'로, 시바신의 아들이다. 크리스티나하리는 가네시가 왜 코끼리 머리를 하고 있는지에 대해 들려줬다.

아주 먼 옛날, 시바의 아내 바르바띠가 숲속에서 몸을 씻으려고 했다. 시바는 아들 가네시에게 바르바띠가 몸을 씻는 동안 아무도 들어가지 못하게 감시하라 했다. 그러곤 숲을 한 바퀴 돌고 돌아온 시바가 바르바띠를 보러 들어가겠다고 하자 가네시는 시바조차 들어가지 못하게 막아섰다. 시바로서는 어이가 없었을 거다. 화가 난 시바는 가네시의 머리를 날렸다. 하지만 곧 아들의 머리를 날렸다는 것에 대해 후회를 하며 지나가는 코끼리의 머리를 잘라 가네시에게 붙였다고 한다. 인도와 네팔에서 흔히 볼 수 있는 동물이 코끼리다. 좀 황당하지만 흥미롭지 않은가. 이 이야기에 매료된 나는 몇 년 후 가네시의 코끼리 얼굴이 그려진 티셔츠를 사게 된다. 그 티셔츠를 입고 출근도 하고 데이트도 하고 여행도 하게 된다.

힌두교 사원 앞에는 작은 조각상이나 장식물들이 있다. 그중에서도 눈에 띄는 것은 엄지손가락만 한 기둥 같은 것이다. 원형 기둥은 아니고, 윗부분이 산처럼 둥글고 부드럽게 깎여 있다. 사람들은 그 작은 조형물을 쥐고 기도를 한다. 거리에도 그 조형물이 군데군데 있다. 어떤 조형물은 그 밑에 원형 고리가 끼여 있었다. 나는 크리스티나하리에게 저게 대체 뭐냐고 물었고, 그 답변은 기가 막혔다. 물론 크리스티나하리가 정확한 정보를 이야기해 줬다고 믿을 수는 없지만 힌두교가 세속 신앙이라는 점에서 일리 있는 답변이었다.

엄지 모양의 조형물은 바로 시바의 남근상이며, 그 밑에 있는 원형 고리는 바르바띠의 질을 형상한다는 거였다. 크리스티나하리는 "옴마니반메훔"이라고 들어 봤냐고 물었다. 우리는 바로 궁예를 떠올렸다. 옴은 시바의 정액을 뜻하며, 전체적인 뜻은 시바의 씨앗이 세상을 이롭게 한다는 뜻이란다. 힌두교에서 세상은 시바와 바르바띠의 사랑을 통해 탄생한다고 했다. 시바의 남근과 정액은 곧 세상의 기원인 것이다. 이 말을 듣고 나는 소리를 질렀다. 호들갑을 떨며 진짜냐고 연거푸 물었다. 크리스티나하리는 멍한 표정으로 사실이라고 말했다. 다들 그 조형물이 그런 뜻인 줄을 알고 기도하는 거냐고 물었더니 모르는 사람도 많다고 했다. 그러면서 크리스티나하리는 낄낄거렸다.

크리스티나하리는 우리를 3천 년 된, 즉 세상에서 가장 오래된 시바의 남근상 앞으로 데려갔다. 그 전까지 돌로 만들어진 작은 조형물만 봐 왔는데 거기엔 1.5m가 족히 넘는 시뻘건 무언가가 나를 반기고 있었다. 그리고 그 밑에는 거대한 원형 고리가 있었다. 고리에는 티카 때문에 붉어진 물이 가득 고여 있었다. 사람들은 기도를 한 뒤 그 물에 손을 적셨다.

입을 쩍 벌리고 조형물 앞에 서자 관리인이 내게 다가왔다. 그는 내 이마에 티카를 발라 주며 기도를 하라고 했다. 내가 눈을 감고 기도하자 그는 고리에 고인 물을 내 얼굴에 뿌렸다. 예상치 못한 감각에 소리를 지를 뻔했으나 정성스러운 의식이었기에 감사히 여기기로 했다. 우리는 너무나 직설적인 그것을 넋 놓고 바라보았다. '옴'이라고 쓰인 부분은 기괴하리만큼 울퉁불퉁했다. 3천 년의 위엄이 느껴졌다.

힌두교는 내 평생 학습해 온 종교의 모습과는 전혀 다른 무엇이었다. 옆에 있는 사원에는 시바와 바르바띠가 행복하게 놀고 있는 모습이 그려져 있었다. 부처도 예수도 언제나 고독하게 혼자 있는데 시바신은 참 행복해 보였다. 힌두교는 대체 왜 이렇게 흥미로운 것인가? 크리스티나하리가 덧붙이길, 시바는 무서운 존재라고 했다. 인간이 죄를 지으면 무서운 벌을 주기도 한다고. 거친 네팔 땅에서 살아가기 위해 가장 인간다우면서도 무서운 존재가 필요했을까. 그래서 네팔 사람들은 시바를 자신들의 신으로 받아들였는지 모른다.

몇 년 전 네팔에는 대지진이 있었다. 크리스티나하리와 함께 갔던 사원의 일부가 무너져 버린 사진을 보고 유독 슬펐던 데는 특별한 이유가 있었다. 네팔 청소년들이 사원 앞에 서서 랩을 하는 유튜브를 그가 내게 보여 준 적이 있다. 고풍스러운 사원을 배경으로 아이들은 힙합 제스처를 하며 빠른 랩을 해나갔다. 네팔 사람들에게 사원은 한국의 절이나 교회처럼 부러 찾아가야 하는 곳이 아니다. 사원을 중심으로 과일 가게가 즐비하고 사원에서 사람들은 쉬고 먹고 놀고 데이트를 한다. 다른 종교들이 세속과 떨어지려고 한다면, 힌두교는 생활의 중심에 있다. 100미터 넘는 줄을 기다려서 기도를 하고 이마에 붉은색 티카를 칠한 뒤 직장에 가는 사람들만 봐도 알 수 있듯이. 그들에게 종교는 '삶' 보다 '생활'이란 표현에 가깝다.

다음 날 우리는 세속의 세계를 떠나 죽음의 세계로 이동했다. 바그마티강이다. 인도의 갠지스강처럼 네팔인들도 이 강에서 시체를 화장한다. 강가에 들어서자마자 나는 화장되고 있는 시체 한 구와 마주쳤다. 사람들은 시체 위로 짚 더미를 얹고 있었고 망자의 얼굴에 티카를 발라 주었다. 주황색 꽃으로 화려하게 장식한 시체에 불을 붙이는 가족들. 어떤 할머니가 곡을 하며 울었다. 바로 옆에서도, 그 옆에서도 불이 활활 타오르고 있었다. 짚 더미 밖으로 삐죽 나온 흰 발바닥을 보았다. 깨끗한 발바닥. 고개를 돌리지 않고 끝까지 바라보았다.

강가를 따라 줄줄이 타오르는 불. 죽음은 이렇게나 보편적이다. 죽음은 특수한 불행이 아닐지 모른다. 죽음도 강이다. 삶만이 강이 아니다. 삶처럼 죽음도 흘러가는 것이다. 그 강 위로 '어떻게 살아야 하는지' 답이 떠오른다. 그 답을 나는 아직도 모르는 것 같지만.

소 한 마리가 다리를 가로막고 서 있다. 소는 강을 내려다보고 있었다. 지나가던 할아버지가 소를 가리키며 "GOD"이라 말한다. 네발 달린 신을 죽음의 강에서 만났다. 정말 신일지도 모른다는 생각이 들 만큼 무게감 있는 소였다. 카메라 셔터 소리에도 꿈쩍도 않고 강을 바라보던 소 옆에 한참을 서 있었다. 어떠세요. 인간 세상 잘 돌아가는 것 같나요. 소는 침묵으로 대답했다.

내리막이지만 올라가는 중입니다

동료 선생님과 히말라야 하이킹을 갈 거라고 하자 럭쓰미는 우리 손을 잡고 안전을 기도해 줬다. 하이킹이라는 단어를 만만하게 봤던 나는 걱정이 없었다. 한국에서부터 계획한 일정이 아니었으므로 괜찮은 겉옷도 넉넉한 속옷도 준비된 게 없었지만 나는 빈털터리로 히말라야에 들어섰다. 어리석었다.

7일에 걸쳐 히말라야 하이킹을 하다 보면 수많은 포인트를 지나쳐 간다. 포인트에는 마을도 있고 고요한 산길도 있고 아슬아슬한 출렁다리도 있다. 해가 지기 전 보이는 민박에 들어가 잠을 자고, 해가 뜨면 군말 없이 걸으면 된다. 첫 민박에서는 용케 따뜻한 물로 샤워를 했으나 두 번째 민박에서는 찬물로 샤워를 해야 했다. 그리고 세 번째 민박부터는 샤워를 할 수 없었다.

많은 포인트 중 가장 기억에 남는 곳은 Chhom-rong(촘롱)이다. 촘롱에는 엄청나게 많은 계단이 있다. 난 계단을 좋아하지 않는다. 가파른 언덕이라면 나무를 잡거나 돌을 잡고 자연스럽게 올라가면 된다. 사람들이 자주 잡아서 매끄러워진 나무는 가파른 언덕을 오르는 최적의 내비게이션이다. 정 힘들다면 네 발로 기어서 오르면 된다.

그러나 계단은 정말이지 부자연스럽다. 평평하게 깎인 돌을 같은 자세로 반복해서 오르는 일. 대체 어느 부분이 자연스러운가? 골반이 뒤틀려서 오른쪽 무릎을

접었다 펼 때마다 딱딱 소리가 난다. 내 맘대로 보폭을 조절할 수 없기 때문에 다리가 꼬일 것 같다.

사찰에 있는 108계단과 울산바위 808계단도 경험한 한국인으로서 떵떵거리며 시작했지만 촘롱의 계단은 끝이 없었다. 사실 계단이 많다는 말을 들었을 때 올라가는 계단만 상상했다. 산을 올라가는 중이니까. 그런데 반나절 오르면 반나절은 내려오는 구간이 반복됐다. 오르고 내리고, 또 오르고 내리고.

촘롱을 벗어나자 기상 이변으로 비가 오기 시작했고, 그 비는 곧 눈으로 바뀌었다. 위로 올라갈수록 눈은 얼음이 되었다. 등산복도 방수복도 아닌 나의 평범한 점퍼는 금세 젖어 버렸다. 바람이 거세게 불자 젖은 점퍼는 갓 붙인 파스처럼 차가웠다. 네팔의 비를 배불리 먹은 점퍼는 점점 무거워졌고 온몸이 축축해졌다. 그러다 단체 하이킹을 온 한국인들을 마주쳤다. 아이젠과 등산용 지팡이, 두꺼운 방수 점퍼를 단단히 갖춘 사람들. 그래, 저렇게 왔어야 했는데.

고산병으로 열까지 나기 시작했다. 점점 몸에 힘이 없어졌다. 그때부터 설사와 구토가 시작됐다. 밤이 되면 모두가 자는 사이 푸세식 화장실(화장실이라기엔 그저 지하로 구멍이 뚫려 있는 공간)에서 밤을 새웠다. 10분 누워 있으면 바로 구토가 올라와서 화장실로 뛰어갔다. 아직도 방에서 나와 화장실로 가는 그 길이 선명하다. 화장실 바로 앞에 달려 있는 등불 하나에 의존해서 오직 그 빛을 보고 달려갔다. 모든 걸 게워 냈다고 착각하고 침대로 돌아오면 낮 동안 다 젖어 버린 점퍼를 덮고 누웠다.

여기까지만 해도 안쓰럽기 짝이 없는 나의 하이킹에 또 하나의 불행이 닥치게 된다. 바로 생리다. 몸 상태가 극도로 안 좋아졌기 때문인지 예상치 못한 눈보라처럼 생리가 쏟아지기 시작했다. 젠장. 생리대 정도는 준비해 갔겠지 생각하겠지만 그마저도 없었다. 각지에서 온 여성 하이커들에게 인류애를 구걸해야 했다.

그런 몸으로 애써 올라온 산길을 다시 내려가는 기분은 영 좋지 않았다. 계속 오르락내리락하다 보니 이 길에 진척이 있는 건지 의문이 들었다. 올라가고 내려가고를 반복하다 보면 높이는 결국 0 아닌가? 궁지에 몰렸다. 1교시 언어 영역을 죽 쒔다는 걸 알면서도 2교시 수학 문제를 열심히 풀던 첫 수능의 느낌이었다. 산에 들어온 지 이미 4일 차. 왔던 길을 혼자 돌아갈 용기는 없었다. 무조건 끝까지 가야 했다. 유난히 경사진 내리막을 내려가는데 또 구토가 날 것 같았다.

이마가 툭 튀어나온 바위 아래로 들어가 속을 게웠다. 무릎을 두드리며 포터에게 물었다.

—Why up and down, up and down, up

and down?

손으로는 내려갔다 올라갔다 하는 모양을 그렸다. 웨이브를 타듯.

—We go down. But we go up.

포터가 아무 생각이 없다는 표정으로 답했다. 쉽고 투박하고 성의 없는 문장이었다. 내려가고 있지만, 올라가는 중이다.

그 말을 듣고 기분이 왜 이상했는지. 왜 힘이 났는지. 그 말의 정체가 뭐였길래 그 순간의 나뿐만 아니라 과거와 미래의 나까지 끌어안았는지. 오글거리니까 저리 가라고 밀쳐도 자꾸만 가까이 오는, 무턱대고 다정한 사람처럼 말이다.

심장박동 측정기의 초록색 선이 떠올랐다. 막장 드라마 속 병원에서 죽는 인물들 옆에는 항상 그 기계가 있다. 초록색 선이 오르락내리락 산을 그리다가 사람이 죽으면 삐 소리와 함께 일직선이 되어 버린다. 오르락내리락한다는 건 살아 있다는 뜻이다. 무조건 오르기만 해도 무조건 내려만 가도 되는 생명은 없다. 생명은 모두 오르락내리락한다. 평지만 계속되는 길도 살아 있는 게 아니다.

그래서 사람들은 단조로운 일상을 좋아하기보다 권태에 빠지는 것일까. '살아 있다'라는 글자가 히말라야에 널려 있었다. 내려가고 있지만 올라가는 중이라니. 내리막길도 결국 삶이 계속되는 하나의 과정이고, 내리막과 오르막 모두 멀리서 보면 점점 높은 고도로 향하는 길의 일부다. 나는 그날 수많은 계단을 내려왔지만 안나푸르나 베이스캠프에는 분명 가까워지고 있었다.

앞으로도 그럴 거다. 수명이 길어져서 하염없이 살아가야 할 텐데, 내 앞에 얼마나 많은 내리막길이 있을 것인가. 언젠간 무릎이 터질 날이 오겠지. 그래도 침착하게 "나는 내려가고 있지만 올라가는 중이다"라고 되새길 수 있으면 좋겠다. 하지만 좋은 말과 좋은 문장들은 잊히라고 있는 것 같다. 결국 다 잊어버리고 절망에 빠지겠지. 그래서 이렇게 글이라도 써 놓는다.

해가 질 때쯤 민박에 도착해 찍은 사진이 아직도 기억에 남아 있다. 수많은 산봉우리가 물결처럼 포개져 있던 장면. 나는 저 산을 넘고 넘어 여기까지 왔구나. 민박집 침대에 누워 초록색 심장박동 그래프를 노트에 그렸다. 그리고 Life is up and down이라고 썼다. 기가 막힌 발견이라고 생각했지만 한국에 돌아와 구글링을 해 보니 심장박동 그래프를 산에 비유한 이미지들이 쏟아져 나왔다. 그래, 사람 생각하는 거 다 거기서 거기지.

참고로 나는 안나푸르나 베이스캠프를 코앞에 두

고 뒤돌아서 산을 내려왔다. 구토와 설사가 심해져 더 이상 걸을 수가 없었다. 여기서 살아 나간다면 무엇이든 해내겠다고 다짐했다. 미래의 나는 무엇이든 해내고 있을까. 히말라야에서 죽다 살아난 나를 볼 면목이 있을까.

뜀박질도 춤이다

춤을 좋아한다. 고등학교 1학년 때 수학여행에서 반 대표로 춤을 췄다. 아무도 장기자랑을 하겠다는 사람이 없어서 반장이라는 이유로 무대에 올랐다. 이제 와서 밝히는 거지만 속으로는 아무도 나서지 않기를 음흉하게 바라고 있었다. 음악 페스티벌을 좋아하는 이유도 춤의 비중이 크다. 대자연 속에서 내 마음대로 몸을 움직여도 되는 시간. 공간에 구애받지 않고 자유롭게 스텝을 밟으며 피톤치드를 누릴 수 있는 고귀한 기회다.

나의 춤은 영국의 어느 페스티벌에서 꽃을 피웠다. 지금은 사라진 Hop Farm Festival에서. 음악을 좋아하는 사람이라면 브릿팝에 한 번쯤 어슬렁거려 봤을 테다. 나도 그랬다. 리앤 라 하바스의 라이브를 들으며 잔디에서 잠들었다가 밥 딜런의 라이브에 실망하고, 스웨이드의 라이브를 들으며 농장 곳곳을 뛰어다녔다. 정말이지 '뛰어'다녔다.

뜀박질도 춤이다. 중력을 거슬러 보겠다고 땅을 힘차게 밀어내는 어리석은 몸짓. 그 우아한 어리석음이 춤이다. Oh, Here they come, The beautiful ones, the beautiful ones. 영국 아저씨 아줌마들과 중력을 거스르며 부르던 노래를 잊지 못한다.

영국은 그렇다 치고 포카라에서 춤을 출 일이 생길 줄은 몰랐다. 포카라는 히말라야를 오르려는 사람들과 히말라야에서 내려온 사람들이 쉬어 가는 천국 같은 마을이다. 호수를 따라 자전거를 타고 있는데 길 한편에 사람들이 모여 춤을 추고 있는 거다. 나도 모르게 자전거를 멈춰 세웠다. 결혼식이 열리는 것 같았다. 나는 '저는 여행객이에요' '저는 아무것도 몰라요'라는 순박한 표정을 하고서 결혼식장에 들어섰다. 사람들은 음식을 집어 먹으며 춤을 추고 있었다. 초대장을 보여 달라거나 축의금을 내라는 말은 없었다.

밖에서도 연회 준비가 한창이었다. 바비큐가 분주히 구워지고 악단은 신나게 연주를 했다. 그중에서도 단장으로 보이는 사람이 땀을 뻘뻘 흘리며 춤추고 있었다. 결혼식인데 저래도 되니 싶은 브레이크 댄스를 추기도 했다.

―너도 가서 춰.

친구가 말했다. 음악 단장은 내 손을 반갑게 잡아 주었고 함께 원을 그리며 돌았다. 내 키만 한 관악기를 짊어진 할아버지 셋은 더 신명 나는 음악을 연주해 주었다. 지나가는 사람들과 하객이 모여 춤판을 구경했다. 그렇게 그곳에서 해가 질 때까지 춤을 췄다. 관악기들이 공중의 전선에 겹쳐 낮은음자리표처럼 보였다.

음악에는 서열이 없다. 클래식을 자부심으로 삼는 유럽과 K팝을 치켜세우는 한국도 있지만 이곳 사람들에겐 네팔 음악이 최고다. 정말 무시무시한 뮤지션이 아닌가. 이방인도 춤추게 하는 사람들. 양쪽 팔목을 돌리며 리듬에 빠져든다. 생각해 보니 할아버지 칠순 잔치 때 본 어르신들의 춤을 닮았다. 순수한 시절의 춤은 심장이 빨리 뛰지 않는다. 애써 점프하지 않아도 하늘을 나는 기분. 어깨만 움직여도 자유롭다. 돌아가신 할아버지를 만난 것처럼 황홀한 어깨춤을 네팔 할아버지들과 함께 겨룬다.

여행지에서 춤을 추는 사람들을 본다면 눈 딱 감고 뛰어들기를.

글로 쓰지 않고는 못 배길 순간이 될 것이다.

좋은 카메라가 좋은 이유

핸드폰 카메라 성능이 계속 업데이트 되는 걸 보며 굳이 무거운 카메라를 들고 다니는 내가 바보같이 느껴질 때가 있다. 그럴 때 꺼내 보는 사진이 있다. 네팔 치트완에서 찍은 사진이다. 네팔 여행을 간다는 친구들은 대부분 히말라야 트레킹을 계획한다. 그러면 나는 친구들에게 치트완에도 꼭 가 달라고 부탁한다. 제발 다녀와서 함께 대화를 나눠 줘…… (아쉽게도 아직 치트완에 다녀온 친구는 없다.)

치트완은 네팔의 평야 지대다. 고산 지대가 신들의 땅이라면 이곳 평야는 동물의 땅이다. 아, 쓰기만 해도 마음이 두근거린다. 어느 나라든 떠올릴 때 첫 번째로 연상되는 스테레오타입이 있다. 그리고 그것에서 벗어난 광경을 만날 때 각자의 작은 세계가 부서지는 쾌감을 느낀다. 나에게는 벨기에가 그랬다. 멍청하게도 벨기에의 풍경이 프랑스와 비슷할 거라고 생각했다. 파리처럼 코발트색 지붕을 한 집들과 지저분하고 로맨틱한 골목이 있는 풍경을 기대했다. 그러나 브뤼셀의 거리는 한적하고 깨끗했다. 지붕도 코발트색이 아니었다.

네팔에서는 치트완이 그랬다. 치트완은 평야와 정글로 가득했다. 더 이상 산은 없었다. 오랫동안 고지에 있다가 치트완에 발을 디딘 날 어찌나 기분 좋게 잠들었는지. 고산병과 식중독에 내내 쫓기다가 드디어 안전 기지에 당도했다는 성취감과 안도감이었다.

그런데 새벽 6시에 숙소 주인이 나를 깨우는 것이었다. 대체 왜? 주인은 "새소리를 함께 듣는 산책을 할 겁니다"라고 말했다. 이게 무슨 소리지. 지치는 여행은 그만하고 싶었다. 한마디로 늦잠을 자고 싶었다.

잠옷에 카메라만 들쳐 메고 밖으로 나갔다. 꽤 많은 여행자들이 새소리를 들으러 나와 있었다. 아니 대체 어떤 새소리길래. 우리는 안개가 자욱한 숲속으로 걸어 들어갔다. 새소리가 들릴 때마다 안내자가 그 새의 이름과 특징을 설명해 주었는데 안타깝게도 크게 매력적이진 않았다.

그때 아득히 먼 곳에서부터 심상치 않은 실루엣이 나타났다. 풀들이 육중한 무게에 의해 짓이겨지는 소리가 점점 가까워졌다. 코끼리였다. 안개 속에서 코끼리가 평화롭게 걸어왔다. 코끼리 위에는 네팔 사람 둘과 쓸모 있어 보이는 나무 땔감들이 실려 있었다. 코끼리는 아주 느렸다. 많은 양의 나무를 옮길 일이 아니었다면 사람이 걸어가는 편이 더 빨랐을 것이다.

안내자는 코끼리를 보며 말했다. 관광객에게 정글 투어를 해 주던 코끼리가 은퇴해서 이곳에 살고 있다고. 주로 나무를 베어 옮길 때 도와주는 코끼리라고 했다. 은퇴한 코끼리라니. 평화로운 발걸음은 그 때문이었을까. 당시 은퇴를 하고 얼마 안 됐던 아빠가 생각났다.

셔터를 눌렀다. 코끼리가 저 멀리서 등장해 가까워 올 때까지. 10년이 지난 지금 그 사진을 볼 때마다 어김없이 재생되는 감각들이 있다. 새벽의 차가운 공기. 산책 그룹에서 멀리 떨어져 나온 나의 모습. 종아리를 간지럽히는 풀. 얼굴이 금세 축축해질 것 같은 안개의 밀도. 은퇴한 코끼리의 무거운 발걸음. 내가 지금 〈요리왕 비룡〉이나 〈미스터 초밥왕〉에서 주인공이 음식을 묘사하는 것처럼 과장된 서술을 하고 있는지도 모르겠다. 좋은 카메라로 찍은 여행 사진에는 그만큼 많은 것이 응축되어 있다. 좋은 카메라는 지금을 위해서가 아니라 미래를 위해 필요하다. 10년 전 피곤한 와중에도 카메라를 들고 나간 과거의 나에게 감사하다.

사진 촬영에 대한 집착을 내려놓기 위해, 카메라가 아니라 마음의 눈에 담아 두자는 생각으로 카메라 없이 여행하던 날들도 있었다. 나의 DSLR 카메라는 이제 고물이 되었다. 하루 종일 목에 걸고 다니면 근육통이 생길 만큼 무겁다. 한 손으로 잡히지 않는 카메라를 이리저리 굴리다 보니 상처투성이라 되팔 수도 없다. 카메라 없는 여행은 가볍고 담백하고 명료하며 여유로웠다.

하지만 사진으로 남지 않은 기억은 금세 잊히기 마련이다. 《요즘. 광주. 생각.》이라는 다큐멘터리 에세이를 준비할 때 한 도시 전문가가 이런 말을 해 주었다. "새로운 콘텐츠에 계속 노출되고 뉴스에 자꾸 등장하지 않으면 그 도시의 정체성은 점점 소멸된다." 기억도 마찬가지다. 매년 기념일을 정해 공동체의 사건을 기억하고, 떠나간 사람의 기일에는 그 사람 이야기를 한다. 우리의 사사로운 역사에서 기억이 지속될 수 있게 하는 의식은 두 가지다. 기억을 공유한 사람과 대화하는 것. 그리고 기록을 꺼내 보는 것. 그래서 여행을 떠날 때면 결국 또 카메라를 챙긴다. 무거운 카메라를 목덜미에 멘다.

P.S. 일상도 여행처럼 살아가기 위해 카메라를 든다. 아빠가 은퇴한 지도 10년이 넘었다. 그날, 코끼리의 평온한 걸음을 찍었던 감각 그대로, 종종 카메라를 들어 아빠를 찍는다. 아빠는 왜 찍느냐고 하면서도 해맑게 웃는다. 좋은 카메라가 몇 년 후 나에게 아빠의 지난날을 또렷하게 말해 주겠지. 그것만으로도 나이 든 나와 아빠는 위로를 받을 것이다.

빨래의 미학

Your ordinary is my extraordinary.

너의 일상이 나의 일탈이 되는 일.

스페인 론다의 절벽 위 작은 여관에서 꽃무늬 이불 위에 팬티만 입고 엎드려서는 이렇게 끄적댔다. 스물셋. 제법 여행을 좋아한다고 자부했던 내가 내린 여행의 정의다. 그때부터 이랬다는 걸 생각해 보면 카피라이터라는 일을 하게 된 것도 놀랍지가 않다. Your ordinary is my extraordinary. 이 문장을 써먹기 위해 여행이나 카메라 관련 광고주를 기다렸지만 인연은 오지 않았다.

나의 여행관은 어릴 때부터 명확했다. 누가 여행에 대한 조언을 해 달라고 하면 한결같이 답했다. 모르는 사람을 따라가라고. 진짜 여행을 하려면 현지인의 생활 속에 나를 던져 봐야 한다고 생각했다. 물론 안전을 감지하는 센서를 최대치로 곤두세우는 것을 전제로 한다.

현지인의 일상이 나의 일탈이 되는 일은 도처에서 벌어진다. 꼭 낯선 사람이 필요한 것은 아니다. 예를 들면 골목골목 널려 있는 빨래가 그렇다. 네팔 사람들은 빨래를 감추지 않았다. 길 위에 수많은 빨래 조각들이 무방비 상태로 널브러져 있다. 심지어 흙바닥 위에 깨끗한 속옷이 수줍게 누워 있기도 했다. 힘없이 늘어진 형형색색의 빨래가 주인의 치부를 드러낸다. 늘어날 대로 늘어난 할아버지의 티셔츠와 귀여운 동물이 그려진 속옷보다 사적이고 비밀스러운 일상이 있을까.

스페인 그라나다의 골목에 널려 있던 빨래들은 그늘을 만들어 주기도 했다. 주로 덩치 좋은 노인이 입을 법한 원색 티셔츠가 걸려 있었다. 햇볕이 너무 강해서 빨래 그늘 아래 누워 있는데 할아버지가 다가오더니 오렌지를 건넸다. 그리고 밤 열한 시에 광장으로 오면 집시 기타리스트들 공연에 데려가 주겠다고 했다. 빨래 그늘 덕분에 운 좋게 길잡이를 만난 거다.

그날 밤 꿈같은 경험을 했다. 할아버지를 따라간 곳에는 집시들이 모여 술을 마시고 기타를 치고 있었다. 그때 내겐 좋은 카메라가 없었고 인스타그램도 없었다. 오직 내 머릿속에만 그날의 주황빛 조명과 돌로 만든 집과 더벅머리 기타리스트들의 저돌적인 연주가 남아 있다. 아, 세상에 이런 삶도 있다. 이런 발견이 여행의 맛이다.

산다는 것은 색색의 빨래 조각들을 하나하나 널어놓는 일인 거야. 나의 삶을 다른 사람의 삶 옆에 널어놓고, 또 그 옆에 다른 색의 삶이 널리는 거지. 그게 빨래가 가진 다양성의 미학이야.

스물셋의 여행 일기에는 이렇게도 쓰여 있다. 뻔하지만 틀린 말은 아니다. 오히려 진리에 가깝다. 규칙 없이 늘어선 색들. 바람과 물기가 만들어 낸 서로 다른 모양들. 빨래의 미학이다. 언뜻 처량하고 힘없어 보이는 조각들이 서로 다른 일상을 힘껏 지지하며 여기저기 널려 있다. 빨래들을 쳐다보고 있자면 다양한 사람들 속에 살아가고 있구나 하는 풍요로운 기분이 든다.

현지인의 모습이 우리에게 일탈이 되듯 우리도 그들에게 작은 일탈이 된다. 네팔의 산길에서는 등산화를 갖추어 신고 다니는 내 모습이 구경거리였다. 동네 사람들은 슬리퍼를 신고 산길을 뛰어오르기 때문에 온갖 장비를 장착하고 걷는 내가 웃음거리인 거였다. 우리의 모습이 그들에게는 새롭고, 우리에겐 그들의 일상이 새롭다. 이방인과 현지인이 만들어 내는 공평한 거래가 매일매일 산길에서 일어났다.

나의 삶 한 조각을 그곳에 널어놓고 온다는 마음으로 여행을 간다. 축축한 물기를 빼기 위해 옷을 툭툭 널듯 경계심을 내려놓고 그 자리에 조심스레 내 삶을 걸어 놓는다. 우리는 색색의 빨래들처럼 아름답게 공존한다.

여행 사진 속 사람들의 눈을 오랜 시간이 지나 다시 들여다본다. 나의 존재가 당신에게도 잠깐의 일탈이었기를.

기억하기

빈, 파리, 두브로브니크, 니스, 로마,
상트페테르부르크, 포틀랜드

마이 세컨드 홈타운

대학에서 국어국문학을 전공했다. 가장 좋아한 과목은 작가론이었다. 작가론이란 쉽게 말해 한 작가의 삶과 작품의 연관성을 깊이 살펴보는 일이다. 역사에 이름을 남긴 작가의 세세한 기록을 뒤적이는 일은 재밌지 않기 힘들다. 작가와 엄마의 관계가 이랬다더라, 작가의 첫 부인이 바람이 났다더라…… 근현대 문학계에도 디스패치 같은 관찰자들이 존재했던 걸까. 그중에서도 시인 이상은 작가론계의 노다지 같은 인물. 그에 대한 무성한 기록과 말주머니들이 도서관을 떠다니고 있었다. 그가 태어나서 며칠 동안 울음을 터뜨리지 않았다는 전설 같은 문장을 읽었을 때 느낀 흥분을 아직도 기억하고 있다.

그 문장 때문인지 이상에 깊이 빠져들었다. 이상은 희한한 말을 많이 뱉은 작가다. 출처는 정확히 기억나지 않지만 그중 꽤나 공감했던 말이 있다. 서울에서 태어난 나는 그리워할 고향이 없다, 뭐 이런 식의 말이었다. 그는 늘 타지에서 온 작가들을 부러워했다고 한다. 이상은 고향에 대한 그리움이 인간을 인간답게 만든다고 생각했을까.

이상의 말은 내게 어떤 결핍을 전염시켰다. 당시 나는 내가 태어난 집에서 엄마, 아빠, 할머니, 언니와 함께 살고 있었다. 이사도 가 본 적이 없었다. 고향이란 지금과 과거 사이의 '이격'이 있어야 발생하는데, 내게 고향이 있을 리 만무했다. 성인이 되면 부모로부터 독립하는 것이 포유류로 살아가는 순리다. 순리대로 산다면 우리에게는 모두 부모라는 고향이 생겨야 한다. 나는 제때 독립하지 않은 포유류였다. 순리를 거스르려니 결핍이 생긴다. 나도 이상처럼 멀리 있는 어떤 존재를 그리워해 본 적 없는 사람이었다. 그러한 결핍이 차오를 대로 차오른 무렵, 마침내 오스트리아에 교환학생으로 가게 됐다. 내게도 처음 이격이 생긴 것이다. 내가 있었던 과거와 머무르는 현재가 13,561km나 멀리 떨어지게 되다니. 외로움과 그리움이 기대되기까지 했다.

학교는 잘츠부르크에 있었다. 모차르트의 후예들과 즐거운 네트워크를 상상했으나 현지인 사회로 들어가는 건 쉽지가 않았다. 잠시 머물다 떠나는 이방인에게 쉽게 마음을 줄 수는 없었겠지. 그래도 내게 다가온 단 한 명의 현지인이 있었다. 나보다 세 살 어린 리사는 155cm 정도 되는 작은 키에 금발 머리와 푸른 눈을 가진 친구였다. 리사는 결코 외향적인 사람처럼 보이진 않았다. 내향적인 그는 마치 과제를 수행하듯이 교환학생 친구들에게 다가와 착실한 친절을 베풀었다. 자기 나름의 도전 같은 걸 하는 것처럼 보였다.

어느 주말 아침, 나는 빈으로 가는 기차에 올랐다. 리사의 부모님 댁에서 4일 동안 머물 예정이었다.

리사의 가족은 엄격한 베지테리언에 미니멀리스트라고 들었다. 나는 그들에게 '짐이 많지 않은 산뜻한 동양인'의 인상을 남기고 싶었지만 천성을 숨기지 못하고 커다란 캐리어를 끌고 갔다. 게다가 양손에 비닐봉지와 에코백까지 주렁주렁 들었다. 기차에 자리를 잡고 나니 손목에 난 비닐봉지 자국이 딸기잼 색이 되어 부어올랐다. 그 못난 자국을 긁으며 옆자리에 제발 아무도 타지 않기를 기도했다. 옆자리에 누가 앉는 것만으로도 거추장스러운 짐이 하나 더 늘어나는 기분이었다. 하지만 불과 몇 초 후 내 옆에는 터질 듯한 배낭을 멘 아주머니가 앉고 말았다. 등산복과 스카프를 믹스 매치 한 한국인 아주머니.

망했다고 생각했다. 이상이 말한 그리움이 발현되기에는 아직 시간이 더 필요했을까. 한국인 아주머니를 반가워하기에는 고향이 덜 그리운 모양이었다. 그는 나에게 말을 걸 것이 뻔해 보였다. 분명 둘 중 하나다. 질문을 쏟아 내거나 본인 이야기를 쏟아 내거나. 둘 다 견딜 자신이 없었다. 최대한 쿨하게 시선을 창밖으로 고정했다.

기차가 출발하고도 한참 동안 아주머니는 내게 말을 걸지 않았다. 다행이라고 생각하면서 나는 Russian Red의 노래를 들으며 창가에 팔을 올렸다. 도시에서 도시를 혼자 이동할 때면 충족감이 몰려온다. 타지에서 혼자 있는데도 어색하거나 외롭지 않은 순간. 애써서 뭔가를 해낸 것도 아닌데 애매한 성취감에 젖고 자존감이 고조된다.

그때 아주머니가 내게 과자를 내밀었다. 한국 과자였는지 뭐였는지는 기억나지 않는다. 아주머니는 내가 여행 중인지 물어봤고 예의상 대화를 이어 갔다.

—아주머니는 여행 오신 거예요?

—네. 친구들 보러 왔어요.

예상외로 그는 많은 정보를 주지 않아 나를 당황시켰다. 과자를 쭈뼛쭈뼛 먹으며 그에 대한 호기심을 삼켜 보려 했지만 우리의 관계는 이미 역전되어 있었다.

—근데 혼자 여행하시는 거예요?

—네. 혼자 왔어요.

이런, 또 묻는 것에만 답한다. 나는 자존심을 내려놓고 본격적으로 심문을 시작하기로 했다. 단체 관광이 아니면 여행을 떠나지 않는 나의 아버지를 떠올리자 혼자 여행하게 된 계기와 여기에 어떤 친구들이 있는지, 그에 대해 궁금한 게 너무 많아졌다.

—제가 독일에서 간호사를 한 10년 했었어요. 저는 중간에 한국으로 돌아왔는데 아직 독일에 사는 친구들도 있어서 보러 온 거예요.

아주머니의 정체는 말로만 듣던 '파독 간호사'였다. 전설의 동물을 실제로 본 기분이었다. 아주머니는 20년 만에 독일에 돌아오는 길이라고 했다. 왜 혼자 왔는지 물으니 뭐 하러 가족을 달고 오느냐고 했다. 그 한마디에서 패기와 귀찮음이 동시에 느껴졌다. 아주머니의 배낭에는 꽃무늬가 오밀조밀하게 그려져 있었는데 그 안에 짐이 얼마나 많은지 꽃들이 팽창해서 커다랗게 보였다.

—학생은 고향이 어디예요?

—서울이에요.

—그럼 여기가 두 번째 고향이네. 작은 지구에 살면서 고향을 하나 더 만드는 건 너무 좋은 일 같아요. 그리워할 수 있고 언젠가 돌아갈 곳이 생기는 거잖아요. 그건 행운이에요. 학생도 운이 좋은 거예요. 축하해요.

이제 막 고향을 떠났다고만 생각했지, 이곳이 나의 두 번째 고향이 될 거라는 생각은 하지 못했다. 나는 또 다른 잠재적 그리움을 만들어 가는 중이었다. 서울에서 생을 마감한 이상은 이런 경험을 할 수 없었겠지. 고향을 떠나 다시 두 번째 고향을 방문하는 그의 들뜬 목소리가 이따금 떠오른다. 그때 기차 안 공기는 오렌지빛이 났다. 유럽 기차의 짙은 파란색 의자와 참 잘 어울리던 시간. 사무치게 그리워하게 될 시간을 영유하는 중임을 그제야 깨달았다.

어제 오랜만에 페이스북에 들어갔는데 10여 년 전

오스트리아에서 만났던 유럽 친구들의 얼굴이 피드에 떴다. 다들 많이 늙어 있었다. 복지국가라고 노화까지 막을 수는 없다는 게 이상하게 위안이 되었다.

인간의 힘으로는 절대 재현할 수 없는 것들. 그립다. 그리움이 쌓이니 왠지 우울해진다. 그렇다면 인간은 살아갈수록 더 우울할 수밖에 없을 텐데. 그런 생각이 꼬리에 꼬리를 물 때, 기차에서 만난 아주머니 표정을 떠올린다. 옆자리에서 느껴지던 씩씩한 그리움. 무언가를 그리워하는 일이 사람을 갉아먹는 것만은 아닌 듯해 다행이다. 나는 계속해서 떠나고, 떠나고, 떠나며 살 것이다. 이상이 그렇게 갖고 싶어 했던 그리움을 다채롭게 수집하며 살기로 했다.

아빠의 ABBA

열심히 배낭여행 계획을 세우는 스물한 살 딸에게 아빠는 쪽지 한 장을 건넸다. 쪽지에는 'ABBA-Our Last Summer'라고 쓰여 있었다. 에펠탑을 보면서 그 노래를 들어 봐. 아빠는 설레는 표정으로 말했다. 아빠는 그때까지 유럽 여행을 떠난 적이 없었다.

몇 시간을 기다려 에펠탑에 올라갔다. 비가 내렸다. 핸드폰도 이어폰도 머리카락도 젖었다. 그럼에도 다운로드해 뒀던 아빠의 추천곡을 틀었다. 미끄러운 손가락 아래로 노래 가사가 흘러갔고 멀리서는 폭죽이 터졌다. 불꽃의 진원지는 베르사유 궁전 같았다. 이슬비를 무릅쓰고 솟아오르는 불꽃들.

I can still recall our last summer
I still see it all
Walks along the Seine, laughing in the rain
Our last summer
Memories that remain

메인 보컬 아그네사의 목소리는 청명하고 지적이며 정직했다. 오보에 소리처럼 귀족적인데 오르간 소리처럼 친근한 목소리. 아빠가 상상했을 어떤 여름이 내 눈앞에 펼쳐져 있었다. 마침 노래 가사처럼 비가 왔고, 빗방울은 따뜻했다. 아빠의 소망을 담아 슈퍼마켓에서 싸구려 와인과 치즈를 잔뜩 사서 숙소에 돌아갔다. 이 밤은 깊이 있고 새로운 무늬의 발자국을 만들 것이다. 지윤아, 기억할 만한 여름밤을 계속해서 만들어 나가라. 노래에 담긴 아빠의 마음이 또렷이 들려왔다.

소설《잃어버린 시간을 찾아서》에서 주인공은 마들렌 향기를 맡고 잊었던 어린 시절을 떠올린다. 스티븐 호킹 박사도 증명해 내지 못한 '시간을 여행하는 방법'을 우리는 이미 잘 알고 있다. ABBA의 Our Last Summer는 스물한 살 여름, 파리의 퀴퀴한 냄새, 따뜻한 빗방울, 아빠의 다정한 바람을 기억나게 하는 나만의 마들렌. I can still recall our last summer라는 가사에서 our는 나와 아빠. 아빠는 그곳에 없었지만, 함께 있었다.

그 후로 여행을 떠날 때마다 노래와 동행한다. 《해리 포터》에서 볼드모트는 물건 일곱 개에 자신의 영혼을 나누어 보관한다. 영혼을 물건에 숨길 줄 알다니. 빌런이지만 대단하다. 내 추억도 볼드모트처럼 노래에 나누어 보관하고 때마다 꺼내 보는 거다. 비욘세의 〈If I Were a Boy〉를 들으면 첫 애인에게 차이고서 떠났던 배낭여행이 떠오르는 것처럼.

인생은 세 개의 F

크로아티아에 가 본 사람에게서는 그만의 허세가 느껴진다. 하와이도 사이판도 괌도 아니고 이탈리아 남부나 칸쿤도 아닌 크로아티아를 휴양지로 선택했다는 자부심이다. 허세 부리는 사람을 싫어하지만 이런 경우라면 눈감아 줄 수 있다. (이런 글을 씀으로써 나 역시 허세를 부리고 있다.)

크로아티아 중에서도 두브로브니크의 여름은 특별하다. 연인과 가족이 무리 지어 모여드는 바닷가 도시. 그러나 안타깝게도 나는 혼자였다. 외롭고 쓸쓸했던 첫날 밤이 잊히지 않는다. 산속에 있는 유스호스텔에 묵었는데, 발걸음 소리가 울릴 만큼 거대한 숙소에 나 혼자였다. 샤워실도 하필 공용이어서 스무 평 남짓한 공간을 혼자 썼다. 머리를 감을 때 눈을 뜨지 못했던 몇 초가 얼마나 느리게 가던지. 두브로브니크 귀신이 왔다 가고도 남았을 것이다.

2층 침대에 올라가 쪼그린 채 잠을 자고 있는데 새벽에 미국 학생들 한 무리가 들이닥쳐 광란의 파티를 벌였다. 나는 더 쪼그라들어 버렸다. 그런데 다음 날 아침, 아래층 침대에 한국인 여자 한 명이 누워 있는 게 아닌가. 지금은 이름도 기억나지 않는 그와 함께 두브로브니크 모험을 시작했다.

신기하게도 이십 대 때 여행에서 만난 친구들은 하나같이 마음이 잘 맞았다. 세상에는 이렇게 좋은 사람들만 있구나, 착각을 할 만큼 비슷한 결의 사람들이 비슷한 장소로 흘러왔다. 여자 혼자서 산속 유스호스텔을 숙소로 선택했다는 것 자체가 지금의 MBTI보다도 많은 걸 말해 주는 지표 아닌가. 그 역시 모험심이 많고 음식을 가리지 않았으며 걷는 것을 좋아했으니 우리에겐 특별한 일이 생기기 충분했다.

바닷가를 따라 걷다가 바비큐 파티를 하는 배불뚝이 털보 아저씨들을 마주쳤다. 그들 옆에는 커다란 도끼도 있었고 톱도 있었다. 배를 만드는 사람들 같았다. 그런데 그들이 갑자기 큰 소리로 우리를 불렀다. 우리는 망설임 없이 그들에게 갔다. 배가 고팠던 것일까. 그들의 에너지가 좋았던 걸까. 지금의 내 성격으로는 상상할 수 없는 일들이 그때는 줄줄이 일어났다. 그때의 나를 생각하면 사랑한다는 고백이 절로 나온다.

톱과 도끼를 보며 잠시 두려운 마음도 들었지만 그들이 건네준 고기가 참 맛있었다. 술은 거절했는데 그들이 강권하지 않았으므로 마음이 더 열렸다. 그 중 대장 아저씨가 나서서 분위기를 이끌었다. 한국에서 왔다고 하자 배를 타고 부산에 간 적이 있다고 했다. 화물선을 운영한다는 것 같았다. 아저씨는 이내 도시의 전경이 보이는 곳으로 가자고 했다. 어떻게 가느냐고 물으니 자신의 차에 타라고 했다. 당신은 방금 만난 털보 아저씨의 차에 탈 수 있는가? 나는 탔다. 이 글을 나의 부모가 읽는다면 경악할 수 있겠으나 지금 나는 다행히도 살아 있다.

그는 우리를 태우고 두브로브니크에서 가장 높은 곳으로 데려갔다. 구도심의 돌바닥이 석양을 품고 반들반들 빛이 나서 어디가 땅이고 어디가 바다인지 헷갈리는 풍경이었다. 아저씨는 그 풍경을 보며 대뜸 인생의 세 가지 F에 대해 이야기했다. 노을이란 동서고금을 막론하고 인생에 대해 이야기하게 만드는 것이다. 플라톤과 소크라테스의 노른자 철학들도 모두 이 순간에 쓰이지 않았을까.

물론 아저씨의 철학은 다소 거칠었다. 그는 인생에 꼭 필요한 세 가지가 F*ck, Food, Friend라고 말했고, 우리는 잠자코 고개를 끄덕였다. 부정할 수 없었다. 그가 부인이 있는데 여자친구도 따로 두었다는 말을 해서 혼란스러웠지만 아저씨 나름의 사정이 있을 거라 믿기로 했다.

이십 대에는 친구들과 함께 모여 뭘 먹어도 즐거웠다. 그 아저씨만큼은 아니지만 이젠 나도 배불뚝이 삼십 대가 되었다. 신선하고 맛있는 음식을 먹는 것. 믿을 만한 친구를 두는 것. 그것들이 얼마나 호화스러운 일인지 이제는 잘 알고 있다. 아, F*ck의 경우 각자 알아서 곱씹어 보시기를 바란다.

나의 첫 카피라이터 선생님

니스 해변에서도 나는 혼자였다. 대학교에 입학한 언니가 유럽으로 배낭여행을 떠났을 때 니스에서 내게 보낸 엽서에는 "니스의 바다는 캔디바처럼 파랗다"고 써 있었다. 언니가 보낸 엽서를 보며 캔디바를 먹었다. 환상의 바다 니스. 니스는 어떤 맛일까 궁금했다.

굳이 따지자면 나는 혼자 다니는 여행을 싫어하는 타입이다. 혼자 여행을 할 때는 꼭 동행을 구한다. 니스에서도 나는 동행을 구했다. 잊지 못할 사람이다. 이렇게 말하면 보통 로맨스를 상상하겠지만 그쪽은 아니다.

잠시 '동행 구하기'에 대해 이야기하고 싶다. 동행을 구하는 일은 관찰력, 임기응변, 소통 능력, 그리고 굉장한 용기를 필요로 한다.

1) 관찰력

어떤 여행자가 동행 없이 고독을 씹고 있는가를 관찰해야 한다. 나와 결이 비슷해 보이고 선량한 관상을 가진 여행자를 찾는 것이 미션이다. 맥도날드에서 혼자 밥을 먹는 한국인에게 다가가 말을 건 적도 있고, 같은 도미토리에서 동행을 구하기도 했다.

2) 임기응변

대부분의 여행자는 초반에 좋은 분위기를 풍긴

다. 하지만 끝까지 경계를 늦춰서는 안 된다. 어쨌든 태어나 처음 보는 사람이므로 갑자기 어떻게 돌변할지 모른다. 한번은 같은 호스텔을 쓰는 모로코 남성과 박물관을 같이 가게 됐다. 학구열이 뛰어난 사람이어서 박물관 투어에 최고의 동행이었다. 그러나 호스텔에 돌아왔을 때 그는 갑자기 나를 자신의 침대로 초대했다. 나는 너털웃음과 과한 제스처를 취하며 "너도 참, 농담을 다 해!" 말하고는 다시 호스텔 밖으로 걸어 나갔다.

3) 소통 능력

여행에서 만난 이방인들과의 대화는 언제나 즐겁다. 각자의 현실을 벗어나 만난 사람들이기에 모두가 솔직해진다. 고민을 털어놓으면 예상치 못했던 조언을 듣게 된다. 문화적 차이로 인해 어떤 고민은 아예 고민이 아니게 되어 버린다.

4) 용기

위의 모든 것이 용기를 전제로 한다. 새로운 장소에서 새로운 사람을 만나면 새로운 차원의 시간이 발생한다. 기존의 물리 법칙을 벗어나는 새로운 시간. 오랜 세월이 흘러도 잊히지 않는 시간. 용기를 내는 사람에게만 찾아온다.

다시 니스로 돌아와서, 나는 그때 무려 열여섯 명이 같이 자는 도미토리서 묵었다. 나와 인도 아저씨 한 명을 제외하고는 단체 여행을 온 미국 대학생들이 가득한 방이었다. 자연히 인도 아저씨에게 말을 걸게 됐다. 미국 친구들의 시끌벅적함 속에서 마이너리티끼리 뭉치게 됐달까. 아쉽게도 아저씨의 이름은 기억나지 않는다. 거구의 아저씨가 노란색 티셔츠를 입고 있던 모습만이 떠오른다.

교환학생이 끝난 직후였고, 나는 아저씨에게 진로 고민부터 한국 사회로 돌아가는 것에 대한 두려움까지 모든 걸 털어놨다. 그는 한국에 대해 함부로 말하지 않았고, 나의 영어 실력에 대해 함부로 평가하지도 않았다. 그저 모든 걸 듣고 가만히 조언해 줬다.

신기했던 건 그가 말레이시아에서 삼성전자의 광고를 만드는 카피라이터로 일한다는 거였다. 원래는 미국에서 일하는데 말레이시아에 파견을 나갔다고 했다. 나는 겁도 없이 교환학생 때 들은 광고 수업에서 내가 쓴 영어 카피와 시나리오에 대해 소개했다. 내가 만든 인생 첫 카피이자 첫 영어 카피였다.

수업의 과제는 '인터넷 악플을 방지하기 위한 공익 광고 영상'을 만드는 것이었다. 영상은 어떤 경찰의 시점으로 시작한다. 경찰이 급하게 복도를 걸어간다. 그러고는 복도 끝에 있는 방문을 조심스럽게 연다. 방은 화려한 꽃무늬 벽지에 천장에는 샹들리에도 달려 있다. 그리고 화장대 앞에 한 여성이 쓰러져 있다. 스스로 목숨을 끊은 것처럼 보인다. 경찰이 방의 다른 쪽으로 고개를 돌리자 그곳에 소파에서 과자를 먹으며 노트북을 하는 남학생이 있다. 남학생은 쓰러진 여성에 대해 악플을 다는 중이다. 그때 카피가 뜬다. "You can kill more than a time"

니스 해변을 걸으며 낯선 인도 아저씨에게 이걸 설명했다니. 지금 생각해도 제법 용기 있었다. 아저씨는 내 카피에 대해 진심으로 피드백을 해 줬고 진로에 대한 조언도 아끼지 않았다. 그날 저녁 아저씨는 오아시스 공연을 보러 파리로 떠나기 위해 짐을 쌌다.

그런데 짐을 다 싼 아저씨가 내게 오더니 진지한 표정으로 말을 걸었다. 자신이 일하는 광고회사 본사가 텍사스에 있는데 그곳에 나의 인턴십 자리를 마련해 주고 싶다는 거였다. 그는 자신의 이메일 주소와 페이스북 닉네임을 적은 쪽지를 내게 건넸다.

여행 중에 이런 드라마틱한 상황이 자주 일어나는 건 아니다. 나로서는 단 한 번의 경험이었다. 혼자 여행한다는 것은 그만큼 더 많은 기회에 자리를 내주는 거다. 뜻밖의 장소와 사람과 시간들. 그들이 내 옆자리를 꿰차도록 내버려 두는 용기. 그 용기를 즐기면 된다.

그러나 나는 바보같이 그 쪽지를 잃어버리고 말았다. 두고두고, 두고두고 후회되는 일이다.

국문학을 전공한 로마의 개발자

13년 만에 만난 로마는 변한 게 없었다. 현금만 받던 가게들이 신용카드를 받게 된 것 빼고는 1500년 전에 만들어진 길과 유적이 여전히 그 자리에 있었다. 김영하 작가도 이탈리아를 좋아하는 이유에 대해 비슷하게 말했다. 이십 대에 와도, 삼십 대에 와도, 사십 대에 와도 이탈리아는 변하지 않는다. 도시는 그대로인데 도시의 느낌이 변해 가는 이유는 하나다. 내가 변했기 때문이다.

쇠사슬의 성 베드로 성당이라는 곳에는 모세가 하나님의 부름을 받고 돌아보는 조각상이 있다. 엄숙한 표정으로 하나님을 바라보는 모세의 얼굴을 보기 위해 사람들은 줄을 서서 사진을 찍는다. 하지만 나에게는 모세의 표정이 "저요? 제가요? 저 지금 막 자리에 앉았는데……"라고 하며 팀장을 쳐다보는 팀원의 얼굴로 보였다. 퇴사하고 온 여행이라는 게 거기서 티가 났다. 로마는 거울 같은 곳이다. 대학교 1학년 때 배낭여행으로 로마를 찾았던 나는 설명문의 한 글자라도 빼먹으면 움직이지 못할 만큼 열렬히 공부하는 여행자였다. 그땐 로마의 거대한 역사 앞에 안절부절못했다.

로마에 다시 온 이유는 대학 시절 친구 보연 때문이다. 보연은 소셜미디어를 하지 않는다. 나의 오랜 친구들 중에는 이상하게도 그런 사람이 많다. 그런 친구들을 만나면 유튜브 프리미엄 서비스를 처음 썼을 때의 기분을 느낄 수 있다. 어떤 광고도 잡음도 없는 세계다. 사진이나 게시물로 전해 들은 소식이 없으니 우리는 만날 때마다 할 이야기가 많다. 그들의 이야기를 듣고 나면 소셜미디어 밖에도 멋지고 행복하게 사는 사람이 지천이라는 사실에 위안을 얻게 된다. 자신의 삶을 '올릴 만한 것'과 '올리지 못하는 것'으로 구분하지 않는 사람들을 보는 것만으로도 속이 잠잠해지는 것이다.

그중에서도 보연은 제일 큰 위안이었다. 나는 그에게 "너 유튜브 하면 대박 난다니까. 너 스토리 완전 대박이야"라고 자주 말하지만 그는 내 말을 절대 듣지 않는다.

보연은 나와 같이 국문학을 전공했다. 연극 동아리 활동도 열심히 하던 보연은 취업할 때가 되자 뜻밖의 이야기를 꺼냈다. 로마에서 관광 가이드를 하겠다는 말이었다. 처음 그 말을 들었던 저녁 자리가 생생하다. 나는 뜨뜻미지근한 반응을 보였다. 가이드? 너가 왜? 굳이? 로마? 너의 마음은 확실한 거야? 나는 그가 후회하지 않을 결정을 한 건지 몇 번이고 되물었던 것 같다. 이번 여행에서 그에게 다시 물어봤다. 왜 로마에서 가이드를 했던 거냐고. "글쎄, 외국에서 새로운 경험을 해 보고 싶었어. 그게 다야. 별다른 이유는 없었어." 보연은 이렇게 대답했다.

하지만 그게 끝이 아니었다. 4년 정도 관광 가이드로 지낸 보연은 갑자기 회사를 그만뒀다고 했다. 가이드라는 직업을 더 이상 하고 싶지 않다고 했다. 나는 그가 한국에 돌아오겠구나 생각했다. 나의 생각의 그릇이 그 정도였다.

내 예상은 틀렸다. 보연은 이탈리아에서 코딩을 공부하기 시작했다. 1년 동안 코딩을 독학해서 포트폴리오를 만들더니 이탈리아 스타트업 회사에 개발자로 취업을 했다. 보연은 '인간 나이키' 같았다. 고민하기보다 일단 실천하는 사람. "Just Do It"의 분신 그 자체. 내가 이렇게 칭송하면 보연은 손사래를 치겠지만 부정할 수는 없을 거다.

로마에는 노란색 건물이 많다. 태양과 흙과 오렌지의 색이다. 생기가 가득하다. 10월에도 땀이 삘삘 흐르는 로마의 날씨를 닮은 여름의 색깔들. 흙과 돌로 빚어진 오랜 유적들도 노란빛을 띤다. 보연도 그런 마을에 살고 있었다.

로마살이 6년 차 보연의 방에는 작은 테라스가 있었다. 건너편엔 이탈리아 국기를 세워 둔 노부부의 집이 있다. 속옷만 입고 돌아다니는 내게 보연은 경고를 던졌다. "건너편 할머니가 다 보고 있어. 여기 할머니들은 낮에 맞은편 집 구경하거든."

그래? 나는 주섬주섬 옷을 입었다. 그때였다. 어

디선가 성악 노랫소리가 들려왔다. 바로 옆에서 부르고 있다고 믿어도 될 만큼 가까이서 들렸다. 성악을 전공하는 유학생이 많이 사는 아파트라서 오후에는 항상 연습 소리가 들린다고 했다. 그곳 나름의 엄격한 규칙도 있어서 오후 2시부터 6시까지만 연습할 수 있다. 가끔 노래를 못하는 사람이 연습을 하면 맞은편 할머니가 "그만해!" 하고 소리 지르기도 한다고. 정말 이탈리아다운 아파트잖아!

열심히 컴퓨터 언어를 쓰는 보연을 가만히 지켜보았다. 국문학과 수업에서 함께 수필과 시를 쓰던 자네가 어찌하여 로마에서 컴퓨터 말을 쓰고 있는가. 인생은 신기하고 아름답다. 보연은 인생을 인생답게 살아 내고 있다.

보연의 존재는 그 자체로 내게 힘이 된다. 대기업을 때려치웠다는 나의 근황은 변화 축에도 못 들 만큼 보연은 진취적인 변화를 이뤄 왔으니까. 앞으로 어떻게 살게 될지 하나도 모르겠는 나에게 그는 존재만으로 감사한 사람이다. 변화하며 살아도 된다는 걸 몸소 보여 주는 증인 같은 존재.

보연은 셀러리를 투박하게 썰어서 접시에 담았다. 그 위로 호두를 뿌리고, 치즈를 넣고, 건포도를 올리더니 12년 숙성된 발사믹 식초를 꽤나 건성으로 부었다. 사실 나는 건포도를 별로 좋아하지 않지만 그래도 한 입 먹어 보았다. 음? 와! 뭐야!

—맛있지?

—이거 완전 여름의 맛이야!

10월의 마지막 주였지만 로마는 25도가 넘는 여름 날씨였다. 보연의 샐러드에서 분명 여름의 맛이 났다. 지금까지 먹어 본 적 없는 여름의 맛.

—보연아 나 셀러리 좋아하네?

—셀러리가 얼마나 맛있는데.

취향에도 이렇게 새로운 변화가 생겼다. 이곳에 오지 않았다면 몰랐을 맛. 역시, 오길 잘했어. 모카포트가 보글보글 끓기 시작했다. 윗집에서는 다시 성악 연습 소리가 들려왔다. 나와 보연은 눈을 마주치고 웃음을 터뜨렸다.

P.S. 현재 보연은 밀라노에서 마케터로 이직을 꿈꾸고 있다. 그의 계속되는 변신을 응원한다.

이상한 나라의 신입사원

신입사원이 된 지 1년도 안 되어 첫 휴가를 냈다. 그때 우리 팀은 경쟁PT 중이었다. 경쟁PT란 광고회사에서 무척 중요하고 끔찍한 이벤트다. 쉽게 말해 광고주가 새로운 캠페인을 하기 위해 몇몇 광고회사를 불러다 경쟁을 시키는 이벤트. 드라마에 나오는 프레젠테이션 장면이 대체로 이때 연출된다. 드라마처럼 핀조명이 떨어지지는 않지만 평소랑 다르게 최대한 멋있는 척을 하고 힘주어 발표를 하는 상황이 생긴다. 캠페인을 따내면 크게는 몇백억짜리 업무를 당사에 가져오는 일이기 때문에 모두가 힘을 합쳐 준비하는 D-day라 할 수 있겠다.

팀에 발령된 지 6개월 차였던 나는 경쟁PT를 일주일 앞두고 러시아행 비행기에 올랐다. 절대 의도한 것은 아니었다. 이미 비행기표를 예매해 놨기 때문에 어쩔 수 없었다. (물론 비행기표를 취소하는 데 수수료가 크게 드는 건 아니었지만……) 그럼에도 매일 밤 잠을 설친 것으로 기억한다. 여행을 취소할 생각도 없으면서 최선을 다해 고통스러워했다. 선배들은 밤을 새워 일할 텐데 신입사원인 내가 여행을 가는 것이 맞는가. 보이는 사람마다 이 질문을 하고 다녔다. 속으로는 "괜찮다고 말해 줘" 하고 주문을 걸고 있었다. 나의 속마음이 들렸는지 다들 그런대로 합리화해 주었다.

사려 깊은 어느 선배는 이렇게 말해 주었다. "어

차피 시간 지나면 경쟁PT는 기억에 하나도 안 남아. 네가 있었는지 없었는지 아무도 기억 못 해. 하지만 여행 다녀온 추억은 평생 갈 거야." 10년이 지난 지금, 역시 아무도 내가 그때 휴가 간 것을 기억하지 못한다. 심지어 그때 같이 일한 동료들 중 아직까지 연락을 주고받는 사람은 손에 꼽는다. 당시 팀장님은 이렇게 말했다. "네가 휴가 가는 건 너의 권리인데, 나한테 묻니?" 나는 팀장님을 참스승으로 모실 것을 맹세했다(딱히 해 드리는 것은 없다. 반성한다).

여하튼 나에겐 좋은 선배들이 있었고 무사히 러시아행 비행기에 올랐다. 핀란드 공항에서 환승을 기다리는 동안 단톡방에 오가는 시안들을 남의 일처럼 바라보았다. 꽤 즐거운 일이었다.

11월의 러시아는 추웠다. 추우면 슬퍼진다. 온도가 떨어지면 살아 있는 것들은 위협받기 마련이다. 나의 본능이 슬픔을 자처한다. 저항 없이 슬퍼진다. (다른 이야기지만, 요즘 많이 쓰는 '저항 없이 ○○한다'라는 표현이 나는 굉장히 문학적이라고 생각한다.) 며칠 전에도 날씨가 확 추워져 버렸다. 그러자 친구가 갑자기 슬프다고 말했다.

—갑자기 슬퍼요. 생리 시작하려나.

—그것도 있겠지만 추워져서 슬픈 거예요. 춥고, 어두워졌고, 어제 면접도 보셨잖아요. 정당한 슬픔이

에요.

어릴 때부터 연말의 분위기를 별로 좋아하지 않았다. 끝과 죽음과 이별이 어울리는 온도라서 그랬을까. 중1 준비반. 중2 준비반. 중3 준비반. 고1 준비반. 고2 준비반. 고3 준비반. 겨울마다 다음 해를 준비하기 위해 지옥에 들어가야 했던 한국의 입시 때문일까. 내 간덩이는 추위를 본능적으로 두려워한다. 해독할 수 없는 비정한 추위! 그럼에도 겨울의 러시아에 제 발로 찾아간 것은 친구가 있어서였다. 친구가 있을 때 가지 않으면 러시아는 영영 갈 일이 없을 것 같았다.

11월의 상트페테르부르크는 끝의 정서를 품고 잔뜩 웅크린 그림자 같았다. 지하철 조명은 어두운 초록빛이었고 사람들은 모두 검은 외투를 입고 있었다. 한국 사람들도 검은 외투를 좋아하니까 비슷하다면 비슷한 모습인데 무언가 다르다. 마트의 계산원 아주머니는 잔돈을 던지고는 묘한 미소를 보였다. 행동은 괴팍한데 미소는 친절해서 혼란한 풍경. 어떤 할머니는 푸틴이 그려진 에코백을 메고 있었고, 지하철역에는 푸틴 기념품을 파는 가게가 있었다. 웃통을 벗은 푸틴이 말을 타고 달려가는 사진이 티셔츠에도 머그컵에도 가방에도 새겨져 있었다. 그 모든 게 11월의 러시아와 이상하게 잘 어울렸고, 첫 휴가로 이곳에 오길 잘했다는 생각이 들었다. 이국적이라는 표현을 넘어서는 극도의 이질감. 첫 휴가에 정말 필요한 감정이 아닌가.

—상트페테르부르크가 유럽에 대한 열등감으로 만든 도시잖아. 늪지대를 간척하느라 사람들이 엄청 죽었대.

공항에서 숙소로 가는 길에 친구가 말했다. 첫째로 든 생각은 그 옛날에 간척을 생각해 내다니 대단하다는 것. 하지만 기술 없이 아이디어를 실현하기 위해 수많은 손들이 돌을 옮겨 습지를 메웠다고 하니 코끝에서 피 냄새가 절로 났다. 물에 불어난 손이 울퉁불퉁한 돌에 찢기는 장면들이 어른거려 왠지 손바닥이 가려웠다.

여행을 하다 보면 그 공간을 꿰뚫는 키워드 같은 단어를 찾고 싶어진다. 말도 안 되는 여행자의 오만이다. 서울을 한 단어로 정의할 수 있겠는가. 그럼에도 상트페테르부르크는 '서글프다'는 단어와 참 잘 어울리는 곳이었다. 유럽에 열등감을 느껴서 억지로 억지로 만들어 낸 도시라니.

대학 시절 나는 이외수가 쓴 '열등감에 사로잡힌 그대에게'라는 글을 좋아했다. 학교 방송국 라디오 PD로 일했던 나는 잊힐 만하면 DJ의 입을 빌려 그 문장들을 낭독시켰다. 전교의 스피커를 통해 열등감을 예찬하는 글귀가 울려 퍼졌다. 이십 대 초반의 내게 열등감은 커다란 동력이었다. 지금은 열등감을 동력으로 삼을 체력조차 없지만. 누군가를 우러러보면서 아등바등 따라가다 보면 얼추 그 모습이 되어 있었다. 열등감은 정직했다. 하지만 그것이 부끄럽게 느껴질 때도 있었다. 다른 사람을 좇는 게 근사한 일만은 아니니까. 그때 '열등감에 사로잡힌 그대에게'라는 글을 만났다. 열등감은 당연한 거란다. 인간은 원래 그렇게 성장해 왔단다. 새를 부러워해서 비행기를 만들고, 치타를 부러워해서 자동차를 만들었단다. 열등감은 본능적이고 뜨겁고 거대한 에너지란다. 대충 이런 내용의 글이었다. 나는 상트페테르부르크 한복판에 서서 그 문장들을 낭독하고 싶었다.

밤 산책을 하는데 어린 남자애들이 "아시아 애들이다. 근데 오늘은 피곤하니 집에 가자"라고 러시아어로 말했다고, 친구가 통역해 주었다. 몰랐다면 더 좋았을까. 그때부터 지울 수 없는 두려움에 종종걸음으로 여행을 다녀야 했다. 종종걸음으로 기차에 올라 모스크바에 도착했다.

성 바실리 성당. 한국인이라면 2000년대 서울 외곽에서 유행했던 모텔의 건축양식으로 알고 있는 그것. 사실 이 성당을 보기 위해 러시아에 갔다고 해도 무방하다. 이십 대 초반의 나는 직장인이 되면 인생이 끝나는 거라고 가스라이팅을 당했다. 학교 밖에서 어른으로 살아간다는 것은 지옥과도 같다고 지나치게 강력한 예방주사를 맞은 탓이다. 그래서 이 악물고 여행을 다녔다. 낯설고 생경한 나라에 가고 싶다는 욕망이 끓어올랐다. 지금으로 치자면 도파민 중독과 비슷하다. 역치가 높아져서 남미 정도는 가야 하겠는데 돈도 시간도 여의치 않았다. 그때 찾은 게 성 바실리 성당이었다. 놀이공원이나 러브모텔이 생각나는 성당. 붉은 광장 한가운데 우뚝 솟은 이상한 성당. 이거다. 한쪽에는 레닌의 무덤이 있고, 눈앞에는 동글동글한 성당이 있는 곳.

시나리오 작법서를 보면 영화의 주인공은 2막부터 이상한 나라에 입성해야 한다고 말한다. 살인 사건에 휘말리기도 하고, 정말 이상한 공간에 들어서기도 하는 식으로. 관객은 이상한 나라가 이상할수록 흥미롭게 영화에 몰입하게 된다. 러시아는 그야말로 이상한 나라라는 표현이 적확한 나라였다. 나는 붉은 광장에 오래도록 앉아 있었다. 엉덩이로 철퍼덕 앉아서 이 광장에서 벌어졌을 죽음과 승리와 혁명을 상상했다. 해가 지도록 오래 앉아 있었더니 칼바람이 불어왔다. 한국으로 돌아갈 때는 팀원 모두에게 줄 보드카를 선물로 사 가야지, 다짐했다.

비효율성의 기쁨

만원 지하철을 탔다. 앞에는 땀에 흠뻑 젖은 남성이 앉아 있었다. 작지 않은 덩치로 양옆 승객들을 겸손하게 만들던 남성. 그가 갑자기 벌떡 일어나더니 닫히려는 문 사이로 매끄럽게 빠져나갔다. 자리가 생겼다. 평소 같으면 덥석 앉았을 나인데 그럴 수가 없었다. 그가 떠난 자리에는 진한 초록색 자국이 남아 있었다. 조심스레 엉덩이를 가져다 댔다. 뜨거운 기운이 올라왔다. 양옆 승객들은 있는 힘껏 몸을 이완시켰다. 양쪽에서 눌러 오는 압박과 밑에서 올라오는 뜨겁고 축축한 기운에 문득 서러워졌다.

국가의 3요소가 있다. 국민, 주권 그리고 영토. 영토가 중요한 건 광개토대왕님이 만주 벌판을 뛰어다니시던 때의 이야기라고만 생각했다. 서울의 인구 밀도가 높다는 것에 대해서도 깊게 생각한 적 없다. 그런데 사회인이 되고, 밀도 높은 삶의 현장에 뛰어들고 나니, 그것이 내 숨을 조여 오는 거다. 지하철 안에서 앞사람의 몸의 굴곡이 내 몸에 그대로 전해질 때면 광개토대왕님이 심히 그리워지는 거다.

내가 포틀랜드에 가서 편안함을 넘어 질투를 느낀 것은 바로 이 지점이었다. 포틀랜드에는 있었다. 옆자리의 대화를 듣지 않아도 되는 널찍한 식당과 이름 모를 남성의 날숨을 느끼지 않아도 되는 공간이 있었다.

포틀랜드의 '코아바'라는 카페는 아마존 같았다. 닭장에 갇혀 있던 닭이 아마존에 놓인다고 생각해 보자. 닭이 좋다고 날뛸까? 어색해서 쭈뼛거릴 거다. 내가 딱 그랬다. 카페는 거대한 창고 같았다. 웬만한 중소기업의 사무실보다도 컸다. 그런데 그 넓은 공간에 테이블이 달랑 두 개. 두 개라니. 그나마 벽을 따라서 노트북을 할 수 있는 바(bar)가 붙어 있었다. 나머지 공간은 뭐냐고? 아무것도 없다. 정말 말 그대로 아무것도 없었다.

그 카페에 들어서서 처음 든 생각이 '이래 가지고 매출이 있으려나?'라는 건 슬픈 일이다. 한국에서 이런 규모의 가게를 내려면 저기 남양주쯤은 가야 할 테다. 그마저도 하루 벌이를 제대로 하려면 테이블을 테트리스처럼 요리조리 쌓아서 손님들을 가득 앉혀야 할 텐데.

어떤 날은 커피가 너무 마시고 싶은데 카페가 보이지 않았다. 어느 호프집 문을 열었다. 다행히 커피를 판다는 팻말이 보였다. 마르고 긴 얼굴의 사장님이 접시를 닦고 있었다. 사장님께 아이스 커피를 주문했다. 사장님은 아이스 커피를 팔지 않지만 얼음이 좀 남았으니 만들어 보겠다고 했다. 나는 간절하게 땡큐를 속삭이며 지갑을 열었다.

그런데 그때 사장님이 나를 보더니 "돈 내지 마세요"라고 무표정하게 말했다. 나는 어이없다는 듯이

"네? 왜요?"라고 반문했다. 사장님은 또 한 번 아무 표정 없이 "그냥"이라고 대답했다. 약 10초간 정적이 흐르고 나는 못 참고 다시 물었다. "사장님, 돈 벌어야죠. 장사 안 하세요?" 그는 무신경하게 대화를 마무리했다. "돈은 다른 걸로 벌면 돼요."

이 사람은 왜 커피 세 잔 값, 한화로 만 원이 넘는 돈을 안 받는 걸까. 포틀랜드의 이런 모습을 이해하는 가장 쉬운 논리가 있다. 곳간에서 인심 난다. 잘사니까 부릴 여유도 있는 거 아닐까. 아니면 포틀랜드가 히피의 도시인 탓일까. 히피라는 단어를 한국어로 번역할 기회가 주어진다면 한량이라는 단어를 택하고 싶다. 포틀랜드의 개성 있는 라이프 스타일은 돈에 구애받지 않는 것에서 시작된다.

한국의 어느 카페가 떠오른다. 테이블 간 거리가 20cm 정도에 테이블 20개가 공간을 가득 메우고 있는 곳이었다. 옆 테이블의 학부모 모임에선 명문대 수시 모집 정보가 빠르게 오가고 있었다. 어머님들의 다급한 숨결마저 여과 없이 내 귀에 때려 박혔다. 나는 나도 모르는 사이에 그 이야기를 귀담아듣게 됐고 마음속으론 '엄마 제발 그만 좀!'이라고 외치고 있었다.

카페에서 내는 돈은 음료값이기도 하지만 시간과 공간에 대한 값도 포함된 것이다. 고객 입장에서 그 카페는 만족스럽지 못한 곳이었으나 사장님 입장에서는 효율성 높고 기특한 가게였다. 시끄러운 음악 덕에 사람들의 입출입도 무의식적으로 빨라지고 있었다. 시간당 수입이 극대화된 카페. 매우 효율적이다. (물론 우리나라에도 넉넉한 공간과 차분한 시간을 제공하는 느긋하고 사랑스러운 카페가 많다.)

이곳에서만큼은 시간을 비효율적으로 쓰기로 결심했다. 느린 걸음으로 다리를 건너는데 커다란 들판이 펼쳐졌다. 너른 잔디밭 위로 한 쌍의 커플이 지나갔다. 넓은 영토에 산다는 건 비효율적인 기쁨 속에 산다는 거구나. 단 한 쌍의 커플이 이렇게 너른 들판을 누려도 아무런 어색함이 없는 것처럼.

걸은 길을 다시 걷고 또 걸었다. 목적지를 두지 않고 걷는 것이 비효율의 시작이다. 그러다 한 길목에 모여 있는 사람들을 만났다. 결혼식인 모양이었다. 아주 작은 결혼식이 열리고 있었다. 며칠 전만 해도 'for sale'이 붙은 빈 공간이었는데 어느새 그 안에 테이블이 놓여 있었다. 신부가 허름한 길거리를 웨딩로드 삼아 들어섰다. 신부 친구들이 소리를 지르며 사진을 찍어 댔다. 공간이 너무 작아서 친구들은 들어가지도 못하고 밖에 선 채로 결혼식을 구경했다. 멋지게 차려입은 하객들이 길거리에서 관광객과 섞여 기쁨을 나누었다. 하객들은 전혀 섭섭해 보이지 않았다.

효율성을 논할 때 돈과 시간은 빠질 수가 없다. 30만 원을 축의로 건넨 단짝의 결혼식에서 식권 한 장 못 받는다면 나는 서운하겠지. 이런 가정을 하는 것 자체가 부끄럽지만, 나는 효율적 기쁨을 계산하는 데 익숙하다. 우리는 대부분 자낳괴(자본주의가 낳은 괴물)다.

다시 현실로 돌아온 나는 비효율에 너그러워지는 연습을 한다. 사랑도 우정도 따지고 보면 비효율이다. 내가 갉아먹히고 손해를 봐도 행복하니까. 내가 해야 할 일을 자꾸 미루면서도 함께 있고 싶은 사람들과 시간을 더 보내는 것. 이렇게 행복한 사치가 있을까. 올해 나는 삼십 대 중반의 나이에 영화학교에 입학했다. 하던 일을 접고 길을 돌아가는 것만큼 비효율이 있을까. 비효율의 기쁨과 가치 있음을 알기에 선택할 수 있다. 마침내 나는 '여행하듯' 살아가고 있다.

AUTO REPAIR
JAPANESE
AUTO REPAIR
DETAILZ
521

마이 세컨드 홈타운

초판 1쇄 발행 2024년 10월 25일

지은이 오지윤
펴낸이 이광재

책임편집 김난아
디자인 이창주
마케팅 정가현 **영업** 허남

펴낸곳 카멜북스 **출판등록** 제311-2012-000068호
주소 서울특별시 마포구 양화로12길 26 지월드빌딩 (서교동 395-7) 3층
전화 02-3144-7113 **팩스** 02-6442-8610 **이메일** camelbook@naver.com
홈페이지 www.camelbooks.co.kr **페이스북** www.facebook.com/camelbooks
인스타그램 www.instagram.com/camelbook

ISBN 979-11-93497-11-1(03810)

- 책 가격은 뒤표지에 있습니다.
- 파본은 구입하신 서점에서 교환해 드립니다.